平安時代にタイムスリップしたら紫式部になってしまったようです

中臣悠月

20142

角川ビーンズ文庫

平安時代にタイムスリップしたら紫式部になってしまったようです

目次

平安時代にタイムスリップしたら紫式部になってしまったようです
人物紹介
イラスト◆すがはら竜
式部
冷艶な美貌を持つ平安貴族。引きこもりだが、それには秘密が……？
藤原香子
乙女ゲームが大好きな女子高生。
突然、平安時代にタイムスリップしてしまい!?

惟規

式部の弟で大学寮に通う
文章生。
穏やかで優しい青年。

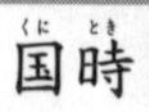

国時

安倍晴明の孫。
女性を口説かずには
いられない色男。

～時代背景～

時は平安、長保四年。
中宮の父であり、左大臣である藤原道長が摂関政治を行い、権力を握っている時代。

本文イラスト／すがはら竜

序章

私がモテるなんて、天地がひっくり返ったってありえない！

17年間そう思って生きてきたのに、いま私の目の前で繰り広げられているこの逆ハーレムな状態。これをいったい、なんと説明すればよいのだろうか。

私から見て一番左側に座っている男性が、

「御簾越しでもよくわかる、透き通った玉のような白い肌。その白魚のような美しい御手を思い切り握りしめてみたいものよ」

と言いながら、御簾の下からおのれの手をそっとこちらに伸ばしてくる。ちなみに、この男性は旧知の仲などではなく、最近、顔を見るようになったなぁ、という程度の関係性でしかない。

そして、お褒めの言葉を頂戴している白い肌にしても、別に、常日頃から美容を気にしていたわけではなく、帰宅部でオタクで、家に引き籠もってゲームやマンガの世界を楽しんでいた結果、日焼けしていないというだけのこと。

そんなことを考えていると、先ほどの男性のすぐ右横にいる男性が、自分の扇で隣の男性の伸ばした手をピシャリと叩く。隣の男への牽制なのだろうか。

「その玉の肌が映えるのも、式部殿の見事な黒髪があってこそ。艶やかな髪にいつか触れてみたいと思うものよ」

今度の男も歯の浮くような台詞を囁いてくる。

この髪も、特に意識して伸ばしたわけではない。オタクのコミュ障にとって、美容院は鬼門である。そこは、イケメン美容師がペラペラと話しかけてくる恐怖のスポットなのだ。つまり、いまの状況も私にとっては苦痛なのだが、もちろん面と向かって言うことはできない。

これが、ゲームの世界なら、選択肢を選んでボタンを押すだけだから簡単なのに。

「どうやらお二方は、式部殿の外側しか評価しておられぬようだ」

いままで黙っていた一番右側の男が口を開く。

「式部殿のことを褒めるのであれば、やはり彼女のその才知をこそ褒めるべきではなかろうか。先日、中宮様に献上されたという、あの『源氏の君の物語』のなんと素晴らしかったことよ。物語なぞ、女子どもの読むものよと侮っていたかつての私をなじってやりたい。もっと早く読むのだったといまの私は激しく後悔しているのです。なにしろ、お主上まで、『この者は〝日本紀〟をよく読んでいるようだ』と、その知識に感嘆され、お褒めになられたそうではないですか」

　ああ、とうとうその話ですか！

　そもそも私は『源氏物語』について、ざっくりとした知識しか持ち合わせていなかった。単に、〝跳ばされて〟しまったこの世界で、私を救ってくれた恩人が困っていたから、少しでも力になれればと思って同人ノリで自分の好きな妄想を垂れ流したものが文章になっただけなんですってば！

　そんな真実を暴露してしまいたい衝動に駆られるが、もちろんその恩人のことを考えると、ここは静かに黙って微笑んでおくしかないのだ。

　なにしろ突然、右も左もわからない平安時代に〝跳ばされて〟しまった私。ふつうだったら野垂れ死んでいてもおかしくない状況で助けてくれた人たちがいたら、彼らのためになんだってしたくなるじゃない？

　それがまさかこんな大事に発展するだなんて……。

第1話 タイムスリップしたみたいなんだけど どこの時代なのかさっぱりわからない件

　そもそも、なんで現代人の私が平安時代で貴族の生活をすることになったのかというところから説明しようと思う。事件が起きたのは、高校の修学旅行の四日目。奈良・京都を四泊五日で巡るという旅程の最後のお楽しみともいえる、京都での自由行動の日だった。

「京都ってレイヤーの心をくすぐる街だよね～」

　私は友達の奈々美と一緒に、朝から花魁になったり、舞妓になったり、心ゆくまでコスプレを楽しみ、スタジオで写真をたくさん撮ってもらった。京都には、着物をレンタルするだけではなく、舞妓や芸妓、花魁の衣装を着付けて、いかにもな背景を設えたスタジオで写真を撮ってくれるお店がたくさんある。

　そして、最後のしめは一番のお楽しみ、十二単の着付け。これは、着付け体験できるところが少なく、あっても高価なところが多いせいか、まだあまりメジャーではない。

　しかし、京都といえば、やはり平安で雅なロマンを楽しみたいというもの。これだけは絶対にはずせないだろうということで、奈々美と相談して予約しておいたのだ。

「十二単というのは通称で、女房装束、裳唐衣などが正式な名称なんですよ」

と、着付けをしながら説明をしてくれる着装師さんも、ベテランのオーラが漂っている。

白の小袖に濃い小豆色の長袴。これだけでも、外に出て行けそうな着物に思えるけれど、実はこれ、まだ下着の段階なのだそうだ。

「この上に、単、五衣と重ねていきますよ」

ただ重ねるだけではなく、一枚羽織っては胸のところを紐で固く結び、次の一枚を羽織ったら下の紐はほどいてしまう。それの繰り返しだ。五衣の時点で、もう七枚の重ね着になっていて、かなりの重量にクラクラしてくる。

「五衣が五枚と決められたのは12世紀頃のことで、その前はもっと重ねて着てはったそうですよ。十数枚重ねた方もいはったとか」

「そんなに着たら歩けないよね」

「無理、無理」

私たちは笑った。

そして、五衣の上には、さらに打衣、表着、唐衣、裳と重ねていく。鬘の重さも加わると、人一人……いや、二人ぐらい背負って立っているようで、足下がおぼつかない。

「さあ、できあがりですよ。お二人とも、綺麗にならはって。写真撮りますからね。足下にお気を付けて、ゆっくりとこちらに歩いて来てくださいね」

ああ、これはすり足にならざるを得ないなと思いながら、一歩一歩ゆっくりと前に進む。

「そこ、スタジオ入るのに段差がありますから、お足下お気をつけて」

「はい！」

と声だけは元気よく答えたものの、帰宅部の私の体力は既に限界点を超えていた。

つま先だけほんの少し上げることができる状態。段差を乗り越えることはできず、私はものの見事に段を踏み外してしまった。さらに、腰に付けられた裳や鬘がどうにも重くて、脳貧血を起こしたときのように、身体が後ろに後ろにと引っ張られて行く。

「香子っ！」

奈々美の悲鳴がなんだかすごく遠くに聞こえた。


そして。私はそのまま、どんどんと落ちて行く。

あれ、どうして床に身体がつかないの？　私が踏み外したのは昇り階段の一段目だったはず。なのに、どうして私の背中は、いつまで経っても床に届かないのか？

いつの間にか、右も左も上も下もわからない、真っ暗闇の中に私はいた。暗闇の中を、下に下に落ちて行くのだ。いや、上も下もわからないのだから、落ちて行くというのも間違った感覚かもしれない。

もしかして、私は階段を踏み外して死んでしまったんじゃないだろうか。これは、あの世へのトンネルなのかもしれないとも思う。

そして、どれぐらい時間が経ったのだろう。五分かもしれないし、一時間かもしれない。

突然、私の背中に地面の感触が確かに感じられた。地面……そう、建物の中ではない、かといって舗装されたアスファルトでもない、砂か砂利のようなところに私は横たわっている。

天空には夜空が広がっていた。夜空、ということは、やはり相当の時間が経過してしまったのだと私は悟った。きっと、途中で気でも失っていたのだろう。階段を踏み外したのは、確かまだ夕方だった。

しかし、何かがおかしい。昨日の夜も京都に泊まったけれど、こんなにたくさん星が見えていただろうか。まるで天の川が全天に広がったかのような星空。相当な田舎にでも行かないと見られないであろう星空が上空に広がっている。

首をひねって、辺りを見回してみるが、大きなお寺の塀のようなものが左右に広がっているし、そんな田舎にいるとは思えないのだけれど。階段を落ちただけで、京都から田舎に移動するなんてありえない。だから、星空のことはきっと私の勘違いなのだろう。確かにものすごく落下したような覚えはあるが、どんなに落ちても地球の裏側に行くことはないのだから。だいたい、地球の裏側だとしたらここはブラジルだ。

とにかく、起き上がってここがどこなのかを確かめて、道を聞いてホテルに帰らないと。

携帯は十二単に着替えるときに、バッグの中にしまったままだから、GPS機能は使えない。メールで連絡もできない。

私の腹筋力では、十二単を着たまま仰向けの姿勢から起き上がるのは難しかったので、寝返りをうつようにして横向きになり、腕の力を使って少しずつ身体を起こすことにした。

しかし、暗い。東京に比べて、なんて暗い街なのだろう。街灯のひとつも見当たらないし、車のヘッドライトも何も見えない。

本当にド田舎にテレポートしてしまったんではなかろうかと不安になってきた頃、遠くから牛の鳴き声が聞こえた。目をこらすと牛と、その横には松明らしきものを持った男性二人が歩いているのが見える。

ああ、ド田舎決定か。自動車ではない、牛に車を引かせて移動手段としているとは……。

しかし、落ち込む前にまずここがどこなのかを確かめなければならない。と言っても、見知らぬ男性にこちらから声をかけて尋ねるのも気が引ける。

私は半身を起こした状態で、数十メートル先からやって来る人たちに視線を向けた。

――できれば私の存在に気付いて……。

そんな私のテレパシーが通じたのか、牛と人の隊列がゆっくりと止まる。二人で何か相談をした後、一人が後ろに走っていくのが見えた。

まさか……こんな道に横たわっているなんて不審者扱いされて、通報でもされるのだろうか。

ようやく暗闇に慣れてきた目で、その男の周囲を見ると、牛の後ろには御神輿のように豪華

な箱のようなものが繋がれている。荷車にしては豪華過ぎる。まさか、これは平安時代ものの
マンガやアニメでよく見る〝牛車〟ではないだろうか……。そういえば、松明を持った男の着
ている服も、まるで昔の人の服装だ。神社で働いている人なのかと思っていたけれど、さすが
に松明というのはおかしい気もする。
でも……まさか、本当にタイムスリップしてしまった……なんてこと、ないよね？
現実にそんなことが起きるだなんて……。などと考えているうちに、先ほどの後ろに移動し
た男が、今度は私の方に走って来る。
そして、私の近くまで来ると急に跪いて、その姿勢のまま、
「姫君」
と、言った。
――は、はあ⁉　姫君？　いったい……誰のこと？
周りを見回す。私の他には、その男しかいない。
「大変失礼ですが、我が主が姫様をお宅までお送りしましょうかと申しております」
相変わらず平伏した状態なので、目線の先はわからないけれど、まさか私のことを姫君と呼
んだのだろうか。
「どういうご事情かは存じませんが、その見事な唐衣から察するに、やんごとないご身分の姫
かと存じ上げます。ご無礼ではございますが、お力になれればと主は申しておりますが」

私はいまだ重くて立ち上がれないまま、あらためて自分の着ているものを見下ろした。

確かにレンタルではあるけれど、絹のとても素材のいい織物を使っていると説明はされた。

しかし、それだけで〝姫君〟なんて呼ばれるのだろうか？

否、現代ではそんなことはありえない。現代の日本には姫君なんていないのだから。

だとしたら、本当にタイムスリップ？

これまで、極力、話をすることは避けて来たリアルな男性。でも、〝ここ〟がいったいどこなのか、苦手な男性であろうとも、質問しなければならない。

「あ、あの、いまは……えっと……その何年ですか？」

男は、私の突拍子もない質問にあまりに驚いたのか、あるいは私のオドオドした挙動不審な態度に驚いたのか。平伏していた頭を上げて、目を丸くしながら答えた。

「え……、長保四年にございますが、それが何か……？」

チョウホウ四年？　聞いたことがない。

耳慣れない元号を口にするのは、平安時代のような装束を着た人……って、私、本当にタイムスリップしてしまったの!?　ちょ、ちょっと、ちょっと……待って！

だとしたら、私はいったいどうやって元いた世界に帰ればいいの!?

動揺を隠しきれない声で、私は再び問う。

「あの……その、それは西暦で言うと何年……なんでしょう？」

「セイレキ……？　とは、星の暦か何かでございましょうか。私どもにはわかりかねますが、後で主に陰陽師を呼ばせますか？」

――ありえない、ありえない！

いや、確かに乙女ゲーやマンガでは定番の展開ですよ。タイムスリップ。

しかし、そんなことがまさか私の身に起こるなんて。信じられない。

そして、目の前の人物の言っていることが真実であり、タイムスリップしたと仮定して、そこがいったいいつの時代かがわからないなんて！

タイムスリップした主人公たちは、どうしてみんなタイムスリップした先がどこで何時代だってすぐに把握できていたのだろう。私の脳内ボキャブラリーには、「チョウホウ」なんて存在しないのだ。

どうしよう、どうしよう。いや、そもそもいつかわからないことがどうしようなのではなくて、本当にタイムスリップしてしまったんだとしたら……？

「……わからない……どうしよう……」

私は、ブツブツと口の中で呟く。

「姫様？」

「あの……えと、お、送ってもらいたいです。で、でも、帰り方がわからない……んです‼」

攻略対象一人目と出会ったようです

もし、これがゲームの世界だったなら、こちら側に私を召喚した人がいて、この世界についての仕組みやらしきたりやらを私に丁寧に指南してくれたり、この先の歴史が書いてある便利な本が手元にあったりするのかもしれない。

しかし、いまの私が持っているアドバンテージといえば、着ている装束が高級なためどこぞの姫君に間違われているという、ただこの一点だけだ。たまたま、良心的な人に巡り会ったから、「送りましょう」と言ってくれているが、最初に出会ったのが盗賊なんかだったりしたら、「ぐふふ、この衣は高く売れそうだぜ。女の方も変態貴族に売っぱらっちまえ」というような展開になって、私の命はもうなかったかもしれない。

もし、本当にタイムスリップしてしまったのなら……。

私が選ぶことのできる道はただひとつ。

姫君のふりをして、手を差し伸べてくれている善良な人に助けてもらうしかないのだ。

先ほどの私の「帰り方がわからない」という言葉を聞いて、明らかにおろおろしはじめた男性に不審がられてこのまま逃げられたりしたら、即バッドエンドが待っている気がする。

タイムスリップという異常事態にバクバクする心臓。

パニックのあまり変なことを口走らないよう、

「ここはゲームの中、選択肢を間違うと即バッドエンドよ、クイックセーブもしていないの」

と、自分に暗示をかけるように言い聞かせて、慎重に選択肢を選ぶ。

といっても、その選択肢も私自身が作ったものなのだが。

1. 私は未来からタイムスリップして来てしまったみたいなんです。助けてください。どうやったら未来に帰れますか？
2. ここは映画村ですか？　カメラはどこ？　私は、修学旅行で京都に来ているので、ホテルまで送ってください。
3. ここまでどうやって来たものか、記憶が定かではないのです。帰るべき家すら、思い出せないで困っています。

ここは、3。3が安牌。というか、絶対に3しかありえない。

記憶を失った姫君の演技をするしかないのではないか。

しかし、そう決めてもやはり口ごもってしまうのは、三次元に生きる男性とコミュニケーションした経験がほぼゼロに等しいためである。

「あ、あの……取り乱して……申し訳ありませんでした。わ、私、ここまでどうやって来たものか、まったくわからないんです。ええと……、帰るべき家すら思い出せなくて……」

と、泣き真似をする。ああ、この選択肢が間違っていませんように。面倒くさい女だと思われて、ここに放り出して逃げられませんように、と願いながら。

「私の一存では決められませんので、主に伺ってまいります」

男は一礼すると、再び車の方へと走って行った。ああ、主が「そんな面倒な女は放っておけ」なんて言う鬼畜設定のキャラではありませんように。待っている間は、不安でとても長く感じられたけれど、実はたいした時間ではなかったのかもしれない。先ほどの男は、主らしき男と連れだって私のもとに戻って来てくれた。よかった、バッドエンド回避のようだ。

「主」と呼ばれていた男は、先ほどの男よりも高級そうな薄青い織り地の装束に、黒い冠をかぶっていた。冠の下の顔は、暗くてあまり見えないけれど目は一重で全体的にあっさりとした顔立ちで、こういうのが公家顔なのかなぁ、なんて思う。年の頃は、私と同じぐらいだろうか。

そして、手に持っていた自身の扇を、私の方に広げながら差し出してにっこりと微笑んだ。

突然差し出された扇に戸惑い、私の動悸はさらに速まる。

これはいったいどういう意味だろうと、私が無言のまま、手も伸ばさずにいると、

「姫君、この扇を使ってください」

と「主」らしき青年は涼やかな声で囁き、また爽やかな笑みを浮かべる。

一瞬、ぼうっとして頭が真っ白になった後。

――そういえば、もしここが本当に平安時代なのだとしたら……。この時代の姫君は扇で顔を隠すんだったっけ……。

と、かつて読んだマンガの絵面を思い出す。私は扇を受け取り自らの顔の前に広げた。

さらに、「主」なる青年は、衣装の重さで立ち上がれないでいる私の苦労を察したのか、

「姫君、もしよかったら私のこの手に摑まってください」

と、手まで差し出してくれるではないか。なんともスマートな仕草。さすが貴族……たぶん、だけど。ああ、確実にバッドエンド回避。

この男性が、どんな家柄の貴族で、どういった性格なのか、まだまだまったくわからないけれど……とりあえず攻略対象一人目との出会いはクリアということでいいんだよね？

そんなふうに頭では乙女ゲームとして処理しようとするけれど、実際に差し出された男性の手を握るのはためらわれる。これまで、父親以外の男性の手に触れたことなどないのだから。

「大丈夫でしょうか？　具合でも悪いのですか？」

私の様子を不審に思ったのか、そう問いかけてくる青年に怪しい者だと思われないように、

「ええい、ままよ！」と私は震えながら手を伸ばす。

タイムスリップ、そして若い男性と手を繫ぐという、私にとってはありえない出来事の連続に卒倒しかけながら、重い装束を引きずりつつ、車までなんとか歩いて行ったのだった。

第3話　私は世界を救わなくていいのでしょうか？

　私はおそらくものすごくいい人に拾ってもらったのだろう。車に同乗させてくれた青年は、

「私は大学寮に通う文章生です。家族に私よりも才がある者がいるので、拙宅までいらっしゃいませんか。その者でしたら、姫君が記憶を思い出すためにどうするべきか、家族を見つけるにはどうすべきか、私より良い知恵を出してくれると思うのです。姫君にはあばら屋に見えるかもしれませんが、住まいは鴨川のほとり、東京極大路沿いにあります」

と言う。ところどころわからない単語は含まれていたけれど、おそらく大学生で鴨川の近くの家に来ませんか、と言っているのだろう。

　もちろん、現代でこのような誘い文句を言われたら、何をされるかわからないと思い、首を横に振り全速力で走って逃げるはずだ。私にもそれぐらいの分別はある。だが、いま。平安時代と思われるこの場所では、本当に誰一人として頼るものがない身なのである。

　そう、たとえ、この好青年が貴族のふりをした盗賊だったとしても。

　ついて行かずにこのまま夜の道にぼうっとしゃがみこんでいたなら、きっとまた別の夜盗に拐かされるだけだろう。いや、いきなり後ろからバサーッと刀で斬られ、殺されてしまうかもしれない。

　とにかく、この人について行かなければ、このゲームが詰んでしまうであろうことは明らかだ。私は、ただただ首を縦に振った。


　しばらくして、牛車の動きが止まる。おそらく青年の邸に着いたのだろう。彼の邸は、昨日の班行動で観光に行った京都御所のような造りで、いくつかの建物が廊下で繋がっているようだ。大きさだけで言えば、かなりの豪邸である。

　しかし、松明の灯りにほのかに照らされた邸を、目をこらして見ると、ところどころ塀の一部が崩れていたり、庭には雑草のようにしか見えない草が腰辺りまで生い茂っていたりする。

「あばら屋」と言ったのは、謙遜ではなかったらしい。

　家の中に入ると、現代のような明るい照明器具は当然ひとつもなく、先導してくれる女性の持つ小さな灯りだけが頼りである。その女性が手にしているのは、油の入った小皿のようなもので、そこに浸された芯に火が点されている。さらには、

「そこ、床板が腐っているんで、左に寄ってください」

などと、先ほどの青年による恐ろしげな道案内が後ろから聞こえて来る。

どこからか、雅やかな琴の音など聞こえては来るのだが、もしや妖怪などが宴を開いているのではないかとビクビクしてしまう。

そして、この着慣れない長袴とかいうボトム。これがまた、ズルズルと後ろに長く布が引きずれて、余った布を踏んでしまいつんのめりそうなのだ。長く暗い廊下を歩き続け、「才がある」という家族の部屋にたどり着いたときには、私はもうヘロヘロな状態になっていた。

「失礼します。実はこちらの姫君が、夜盗に襲われたのか物の怪に拐かされたものか、一条辺りの道に倒れていたところに出くわしまして、我が家にお連れしたのです。送って差し上げたかったのですが、どうやら記憶を失ってしまった様子。どこの姫君かわからなかったもので……知恵を拝借したいとこちらに参りました」

「わかった。それは大変なことであったな。姫君にそんな簀子縁に座っていただくのは失礼ではないか。中に入っていただきなさい。本来なら御簾越しに対面すべきだが、几帳を用意させよう。姫君、ご無礼ながら今日のところは几帳越しでもよろしいでしょうか？」

室内からは、落ち着いたトーンの理知的な声が聞こえてくる。指示もテキパキとしているところから考えるに、この方が才のある家族なのだろう。

「姫君、ではこちらの几帳の向こうに」

最初に拾ってくれた青年に言われるがまま、几帳とかいう布でできた衝立のようなものの向こうに座ろうとしながら、好奇心に耐えきれず扇の端から、チラリとその声の主を盗み見た。

話し方からは性別がわからなかったのだけれど、身につけているのは私の装束と同じようなもの。つまりは、青年の姉か妹といったところだろうか。

女性同士であれば、先ほどまでのように緊張しないで済む。

やっと親身に相談に乗ってくれそうな人に出会えたと思い、私は心底ホッとしたのだった。

「まずは、お座りなさい、姫君。ご身分のある女性が立っているなど、はしたないことですよ」

冷たくも聞こえる厳しい口調で、その女性は私に話しかけてくる。

「姫君にはさぞや驚かれたことでしょう。このようなあばら屋に招待されるなど。物の怪や狐狸の類にばかされたのではと、心配されたのでは?」

「あ、いえ……そんなことは」

初対面でも、女性というだけで先ほど青年と相対したときとは違って、ためらうことなく返答することができる。

「他にもご家族の方が?」

先ほどから聞こえていた琴の音に、いまは笛のような高い音もいくつか混ざっている。

「ああ、今宵は父が宴を催しているのです」

私の問いに、先ほどの女性の声が答える。

——宴って、パーティーのこと? それを主催できるだなんて……家は荒れ果てた様子だけど、実は結構なお金持ちなんじゃないの? 庶民の私たちと感覚が違うだけなんでは……?

そんな私の考えを読んだかのように、

「宴と言っても、少しでも良い仕官先を探すための接待なのです。父はいま、官職についておりませんので」

と、女性は私の疑問に答えてくれた。

しかし続く解説は、私には意味不明である。

「弟が文章生であることからもおわかりのように我が家は、漢籍を得意とする家で」

「かんせき……？」

「しかし、学問で出世できる世はいまとなっては昔のこと。菅公……菅原道真公の時代とは違い、大臣になれる家柄は最初から決まっている。漢語が話せたところで、遣唐使が廃止されたいまの世では、大陸に行くことも叶わず鴻臚館で通詞をするぐらいしか使い道がない。だから父も、あのように媚びを売るしかないというわけです」

——……あ！　菅原道真に遣唐使！

几帳越しに話す女性の言葉は私には相変わらず意味不明の単語の連発だったけれど、今度は私にも聞いたことのある固有名詞が含まれていた。歴史の授業で聞いたことのある名前だ。

菅原道真も遣唐使も、平安時代の歴史として教科書に載っていたはず。

ということは、平安時代でもいまは菅原道真が生きていた頃よりも後の時代ということか。

「姫君のことは、本来なら家の主である父にまず紹介すべきでしたが、宴席中ということもあり、まずはこちらに。父には明日私から了承を取っておきますが……」

今度は、先ほどの好青年の声が聞こえて来る。

「え……あ……」

突然の男性の声に、再び私は口ごもり、扇を更に顔に寄せた。

——あ、この扇って、便利かもしれない。現代にもあれば、直接男の人の顔を見ずにお話しできるのにな、なんて考えていると。

「やはり、記憶はなくされていても身分ある姫なんですね。普段の仕草は装束に勝るとも劣らない姫君のものだ」

と、私のオドオドとした挙動不審な仕草を、青年は都合よく誤解してくれたようだ。

「どうでしょう、姫君の記憶が戻るまでだけでも、我が家に滞在していただくというのは？」

「拙宅ではたいしたもてなしもできぬかと思うが、雨露ぐらいはしのげようというもの」

青年の提案に先ほどの女性も同意してくれた様子である。なんとか、今夜の宿泊先は確保できたようだ。

「それに、やんごとない姫君なら、きっと多くの物語や絵巻を読んでいるのではと思います。例の物語の件、姫にもお手伝いしてもらったらどうでしょう？」

「何をいきなり。惟規、客人に対して失礼であろうが」

「しかし……物語作りの件は、我が家の浮沈がかかっている一大事ではないですか？」

どうやら、先ほど私を助けてくれた青年の名は惟規というらしい。ということは、名前で呼んだ女性の方が年上で姉だということか。

そして、私をよそに、姉弟で言い争いを始めたようだが、「我が家の浮沈がかかっている」ということは、先ほどの「父の仕官」とやらにも関わっていることなのだろうか？

そんな私の疑問に答えるように、青年、惟規さんとやらは口を開く。

「実は大臣から、中宮様をお慰めする新しい物語を作るように、と言いつかっているんです。もちろん、中宮様がお喜びになる素晴らしい物語を献上できたら、父にいい仕官先を紹介してくださるというお約束で」

「しかし、つまらない物語を献上したが最期、父も惟規も一生仕官できないかもしれぬという賭けのような話ではないか」

「だから、この姫君が我が家にいる間、知恵を拝借したらどうです？　中宮様と同じお年頃の姫なら、きっと中宮様が喜びそうな筋立てもわかるのではないかと」

「馬鹿を言うでない、惟規。それで我が家全員、路頭に迷う結果になったらどうするつもりだ。その姫に責を負わせるのか？」

「あくまでも、『どんな物語が好きですか？』という知恵をお借りするだけですよ。だって、大臣から言われた期限は間近だと言うのに、いまのところまったく進んでいないのでしょう？そもそも提出できなかったら、我が家全員路頭に迷います。昨日だって、下女二人に暇を出したばかりでしょう。そのうち、貧窮した我が家には仕える女房すら一人もいなくなってしまいますよ」

「そうは言っても……」

私を置いてきぼりにして、姉弟の口論が続いているようだが、要するに「身分の高い姫君が好みそうなジャンルやあらすじ、萌えどころをリサーチしろ」と、惟規さんとやらは主張しているのだろうか？

私は扇の陰でそっと溜息を吐いた。

私は、惟規さんたちが誤解しているような深窓の姫君ではない。未来から来た私と平安時代のお姫様の萌えポイントが合致するはずないではないか……。

タイムスリップをしたら、「この世界を救いなさい」なんて言われて、いきなり物の怪を退治したり、戦の場に駆り出されるものかと思っていた。そして、そういったミッションをクリアしていくうちに現代に帰る鍵が見つかるのが、タイムスリップものの定石だ。

しかし、路上で拾ってくれた男性に連れられて来てみたものの、現代に帰るためのヒントなど与えてくれそうもない。

これが現実というものか……。

そう思うと同時に、私はいったい元の世界に帰ることができるのだろうか？　という不安が心の中でどんどんと大きくなっていった。

第4話　自己紹介したらブチ切れられたんだけど何が間違っているのか教えて欲しい

修学旅行先のホテルのベッドってこんなに硬かったっけ？

なんだか、背中が痛い。そして、すごく寒い。そう思いながら、ぼんやりと目を開く。私の周囲にはリゾートホテルにあるような、でも和風テイストの豪華な天蓋が設えてある。これならベッドもフカフカで当たり前なのに、身体がミシミシと悲鳴を上げているのはなぜだろう。

その疑問に答えるかのように、天蓋の外から女性の声が聞こえてくる。

「姫様、お目覚めになりましたか？　角盥を置いておきますので、どうぞ手や口をおすすぎくださいませ」

私はまだはっきりしない頭で、昨日からの一連の出来事を思い出した。

タイムスリップが夢オチ……ということはなかったようだ。そして、残念ながら目覚めたら現代に戻っている、ということもなかったらしい。

いまも私は、おそらく平安時代の貴族の邸の中にいる。

周囲に人はいる。邸の中に住んでいるのは、使用人もいるわけだし、あの姉弟と父親だけではないだろう。しかし、私は一人だ。この時代に、たった一人。取り残された現代人だ。

一夜明けてみて、この重い現実があらためてのしかかってくる。

さて、どのようにして私は元いた時代に帰ったらいいのだろうか。

気持ちを切り替えるように半身を起こし、自分がどんなところに寝ていたのかを朝の光の中であらためて見る。そして、これは身体が痛くなっても仕方がないなと納得した。

私が寝ていたところには畳の上にシーツらしき布が一枚敷かれているだけ。枕も小さくて硬い。どうりで首も寝違えたように痛いはずだ。でも天蓋の外は、全面フローリング、板張りの床だから、きっと畳は高価なもので、これがベッド代わりなんだろう。まあ、現代でも畳ベッドなんてものが商品化されているぐらいだから、実は健康にいいのかもしれない。

ただ、その豪華に見える天蓋も、よく見るとあちこち穴が開いていたり、破れてしまったところを補修したような痕跡が見える。朝の明るい光の中で見てみると、昨日、惟規さんとやらが言っていた「あばら屋」というのがけして謙遜ではなかったのがよくわかる。

しかし、何より驚いたのは、掛け布団らしきものがないことだ。私が布団代わりにしていたのは、どう見ても十二単の一部、着物にしか見えない。友達の家にみんなでお泊まりして、おしゃべりしているうちにうたた寝してしまい雑魚寝になったとしても、もう少しいいものを掛けてもらえるのではないだろうか。これでは寒いはずだと納得する。

天蓋の布をめくって寝台の外に出ると、水の張られた洗面器ぐらいの大きさの容器が置かれていた。「手や口をすすいでください」と先ほどの女性が言っていたけれど、その容器は我が家だったら正月に雑煮を食べるときにしか使わないような黒い漆器で、雅やかな金の模様まで外側に施してある。ところどころ模様が剝げているところがあるのは、破れた跡のある天蓋の布や腐った床板と同じ事情によるものだろう。昨夜、姉弟が話していた、路頭に迷う云々の話はけして誇張ではないようだ。

　そんな困窮した家に残る、博物館に飾ってありそうなこの器を、洗面器として使ってよいものだろうかと正直迷う。売ればいくらか生活の足しにはなるのではないか、といらぬ心配が頭をよぎった。とはいえ、昨夜は転んでしまったような気もするし、正直汚れは落としたいので、好意に甘えて手や顔を洗うのに使わせてもらった。

　洗顔が終わった頃を見計らったかのように、先ほどの侍女らしき人が再び部屋に入って来る。年の頃は母と同じくらいだろうか。その長い黒髪にところどころ白いものが交じっている。

「讃岐、こちらを下げなさい」

　今度は先ほどはいなかった若い侍女を伴っていて、テキパキと指示を与えている。そして、讃岐と呼ばれた侍女が戻って来たところで、二人で当然のように昨日の装束を着付けてくれた。どこかの姫君と間違われていて本当によかった、と思う。これをもう一度自分で着なさいと言われても絶対に無理だ。振り袖だって一人では着られないんだから。

「あの、昨日私を助けてくださったご家族の方々にあらためてお礼を申し上げたいのですが」

「文章生様はもう大学寮にお出かけになりました。一の君……一の姫様は、ええと、そうですね……ちょっと本日はご都合がお悪いかと。ああ、その前に姫様、化粧はどうなさいますか？」

と、言って微笑む年かさの侍女の歯は真っ黒だった。

これが、お歯黒というものか。なぜ、昔の人たちはこれを美しいと思ったのだろう。寝台以上に感覚がずれまくっていると思う。

「大人の女性でしたら、まず朝の支度は化粧から始めるべきかと思いますよ」

と、真っ白い白粉のついた筆を手にして、やる気満々のように見える。

「私はまだ子どもなのでこのままでいいです」

と言って、丁重にお断りした。

「子どもだなんて。もう裳着はとうに終えているでしょうに……」

クスリと笑う若い侍女を、

「こら、讃岐。失礼でしょう。それよりも朝食の膳を持っていらっしゃい」

と、年かさの侍女がたしなめる。

讃岐と呼ばれた侍女は、不満げな表情を浮かべたものの、スルリと廊下へと出て行った。

一の姫というのが、昨夜会った女性のことだろう。今日は挨拶できないようなので、朝食を済ませた私は、昨日の青年、惟規さんが帰宅するまでの間、手持ち無沙汰になってしまった。

仕方なく、何をすることもなくぼうっと庭を眺める。

昨夜も手入れの行き届いていないようだと感じたけれど、日の光に照らされた庭の荒れようはものすごい。大量の藻が群生した池にかかる橋は、中央の辺りの板が朽ち果てていて、橋の意味をなしていない。きっと元々は朱色に塗られた太鼓橋だったのではないか。ところどころに、塗装の色が残っていた。

池の向こうには、塀の破れ目が見える。このように塀がところどころ破れているのは、現代より治安の悪そうなこの時代、セキュリティ上どうなのだろう……と考えていると、その塀の穴から三毛猫が「にゃーん」と一声鳴きながら入って来た。そのまま、廊下に上がり込み、勝手知ったる我が別宅といった風情で丸まって寝てしまった。

私は周囲を見回し、廊下や庭に誰もいないことを確認してから、御簾の外へと出た。あまりにも暇を持てあましていたので、猫と遊ぼうと思ったのだ。そっと忍び寄ったつもりだが、衣擦れの音が大きかったのだろうか。

また一声、「にゃーん」と鳴いて、猫は廊下を走って逃げてしまう。私は猫の後ろ姿を追った。ただでさえ運動不足だというのに、衣装の重量が邪魔をしてちょっと走っただけなのに息が切れる。しかし、ここまで追いかけて来て途中で諦めるというのも癪なので、私は猫の後を追い続けた。

猫は、渡り廊下で繋がった別の棟へと移動し、さらに破れた御簾をくぐって部屋の中へと逃げ込んでしまう。

「待って！」

私は猫を追って、御簾を捲り上げた。

途端に、部屋の奥から厳しい声が上がる。怒鳴るというわけではなく、ただ静かに冷たく責めるような声だ。

「他人の部屋に黙って上がり込むなど無礼ではないか」

——まさか、人が住んでいた部屋だなんて！　御簾に猫が通れるほどの穴が開いていたものだから、てっきり無人の部屋だと思って入り込んでしまったけど……この声は昨日の……姉君？

「も、申し訳ありません……ね、猫を追いかけていたら間違えて……」

急ぎ平伏して謝る私に、再び叱責の声。

「猫を追いかけるだなんて、とんだお転婆な姫君だな」

「も、申し訳……」

額を擦りつけるように謝りつつも、昨日の女性と声は同じだが話し方が微妙に違うような気がして、そっと目だけで部屋の奥を探る。

「え、え、ええっっっっ!!」

室内の暗さにも目が慣れ、その声の主の姿を捉えることに成功した私は、思わず大声というか奇声を発してしまった。

「静かに」

そう咎める声は確かに昨日の「姉君」である。

しかし、どう見てもその姿は男性にしか見えない。今日は十二単姿ではなく、昨日、惟規と呼ばれていた男性と同じような装束を着ている。髪も、おそらく結っているのだろう。縦に長い、黒い帽子の下にまとめられているようだ。

「あ、えと、あの……」

顔立ちは、惟規と呼ばれていた青年と何となく似ている。しかし、目元はもう少し涼やかで、背も少し高いようだ。突然の侵入者である私に対する怒りのせいだろう、眉間に皺が寄っている。そのため、終始朗らかな惟規さんとは異なる印象を与えているのかもしれない。年齢も、惟規さんは私と同じぐらいに感じたけれど、この男性は二十代の半ばといった感じに見える。

もう一人、兄弟がいたのだろうか。

たとえば、昨日の女性は双子だったとでも言うのだろうか。

そんなふうに問いかけてみたいのだけれど、ただでさえ男性と話すのが苦手な上、相手はイケメンである。現代なら歌舞伎役者にいそうな、切れ長の瞳が印象的な細面のイケメンだ。特にかっこいいわけでもないクラスの男子や男性教師相手ですら口ごもってしまうこの私。どう対応したらいいと言うのだろう。

「あ、あの……昨日の……お姉さんですか？」

何をとち狂ったのか……「昨日のお姉さんの双子の弟さんですか」と問おうとした私は緊張のあまり、後半部分をすっ飛ばして質問してしまった。

しばらく、無言が続く。部屋の中に流れる空気は重く冷たい。

まさかとは思ったが、先ほどの男性から返答がないということが答えなのだろうかと思い、

「し、失礼しました……」

と、部屋を後にしようとしたとき、

「待て」

と、私を制止する声がした。声を荒らげたわけではない。しかし、ブリザードのような冷たい声に、思わずビクリと足を止める。

背後で、「はあっ」と溜息が聞こえた。

「この姿のことは、誰にも言わぬと約束して欲しい」

「否」と答えることを拒否する口調。

「おまえは記憶を失っているのだったな。もしかすると、おまえのことを捜している家族や乳母、女房たちがいるかもしれぬ。そして、彼らが我が家にたどり着いておまえを見つけ出す可能性もないとは言えぬな」

昨夜とは打って変わった低い声でそう言いながら、私に向かってジリジリと迫って来る。背後は簀子縁へと繋がる御簾。しかし、「待て」と言われているので、そこから出て行くことも

叶わない。私は、後ろは御簾、右側には襖という状況に追い込まれてしまった。

それでも構わず近付いて来る男性は、私が逃げられないようにか御簾と私の間に腕を入れ、そのまま手のひらを襖に押し付ける。さらに、左手も襖に押し付けたことで、私はその男性の両腕の間に挟まれ、完全に身動きできなくなった。

壁ドンならぬ襖ドンである。

「家族がおまえを家に連れ帰ろうとしても、これではおまえを帰すことができなくなった」

「……い、言いません……だ、誰にも……か、家族だろうと誰にも……」

私は、頭をぶんぶん振り回して、絶対に言わないということを必死にアピールした。

私の答えを聞くと、ようやく両腕を襖から離し解放はしてくれたが、念を押すようにさらに問いかけてくる。

「実は俺が男だということは、黙っていてくれぬか。これは漏らせぬ秘密なのだ」

「で、でも……、そ、それは、どういう……」

ということは、やはり昨日の女性と目の前の男性とは同一人物だということなのだろうか。

「ああ、昨夜なぜ女性の格好をしていたかということか。俺も、惟規と同じく大学寮に籍はあったのだ。だが、俺は弟と違って小さい頃からもともと漢籍が得意でな。大学寮で学ぶことなど既に知っていることばかりだったのだ。それなら、家に籠もって一人で漢籍を読んでいた方がよほど勉学になる。そう思って日がな一日、家から一歩も出ずに、好きな漢籍を読みふけり、漢詩を作り……そんな日々を続けているうちに、世間は俺のことを『実はないか』と噂するようになってしまったのだ」

「そ、それで……女装まで……？」

振り絞るように出した私の声を、惟規さんの兄君？……の声が遮る。

「別に俺も、好きで女の格好をしているわけではない。俺には早くに亡くなってしまった姉がいた。ただ俺が大学寮に行かなかったせいで、亡くなったのは前越前守のご息女ではなくご長男だという噂が都に流れてしまったのだ。前越前守とは父のこと、長男とは俺だ。さらに、前越前守の娘御は漢籍が得意な才女らしいという噂が一人歩きしてしまった。最近では中宮様の家庭教師として出仕してほしいという話まで持ち上がっている。俺の才を見極めるためか、面白い物語を献上せよ、とも言われているのだ。今更、生き残っているのは男子の方です、だから物語など書けませんなどと口が裂けても言えるわけがない。そのため、昨日のように宴や来客のあるときは、女子のふりをして家に籠もっているというわけだ」

事情はようやく飲み込めた。

しかし、思わず知ってしまったこの秘密に対して、どのように応えるのが誠意ある対応だろうか。やはり、こちらからも丁寧に挨拶をすることが礼儀というものではなかろうか。

私は、兄君の前まで移動すると、姿勢を正し三つ指をついた。

もう何度目かわからないけれど、深くお辞儀をする。

「え、えと……お、お世話にな、なります、秘密はま、守ります……わ、私は……ふ、藤原……香子と申します。よ、よろしく……」

深々と礼をしたまま挨拶をする。

そして、最後まで言い終わらないうちに、上から不機嫌そうな声が降ってきた。

「おい、何をしているのだ？　俺に妻問いをせよと迫っているのか……？」

「ツ、ツマドイ……？」

言っている意味がわからない。

思わず顔を上げて、兄君の顔を覗き見ると、頬の辺りがなぜか朱に染まっている。

「記憶を失うとは、そのように常識までも忘れてしまうものなのか？　名前を名乗って、顔を俺に見せるなど、俺の妻にせよと言っているも……同じではないか……」

なぜこの人はこのように動揺しているのだろう。

それに、いきなり妻とは。何と突拍子もないことを言い出すのだろうか。

「……じ、自己紹介しただけなんですけど。あ、あなたのことは、……何とお呼びしたら……？」

「それを答えたらおまえと夫婦になる約束をするも同じではないか……、いきなり、何を言っているのだ？」

どうやら私は決定的な間違いを犯してしまったらしい。

『万葉集』の冒頭にあるであろうが。有名な妻問いの歌が。

〝籠もよ　み籠持ち　掘串もよ　み掘串持ち　この丘に　菜摘ます児　家聞かな　名告らさね
そらみつ　大和の国は　おしなべて　われこそ居れ　しきなべて　われこそ座せ　われこそは
告らめ　家をも名をも〟」

兄君は突如、『万葉集』の歌を暗唱しだしたようだけれど、なんだか呪文を唱えられているようで、意味なんてまったく頭に入ってはこない。

「わ、わかりません……」

「雄略天皇の御製だ。野にいる乙女に名前と家を聞いて、私のものにならないかと誘う有名な歌ではないか。そんなことすら忘れてしまったというのか？」

言いながら私のあまりのバカっぷりに呆れてしまったのか、その声音がさらに無愛想なものに変わっていく。

「和歌も万葉も知らぬでは、物語作りを手伝ってもらうことなどできぬな。昨日、惟規が言ったことは忘れてくれ。ああ、それと私のことは、式部とでも呼んでくれればよい。中宮の女房として出仕したらそう名乗るであろう呼び名だ。本当の名は教えられぬ」

冷たく言い放たれて、涙が滲むのを感じた。さらに追い打ちをかけるように、手にしていた扇で御簾の方を指す。

「一人で集中して物語の筋を考えたいから、もう出て行ってくれないか？」

「……わ、わかりました……失礼します……」

ああ、私はいきなり大失敗を犯してしまった。破れた御簾をくぐりながら、そっと手の甲で涙を拭う。罵られた哀しさよりも、自分に対する不甲斐なさが先に立つ。

しかし……、記憶喪失と説明したことが逆に幸いしたかもしれない。この時代で名前を呼び合うということは結婚の約束をすると同義のようだ。そして、そんな常識すらも忘れてしまった姫君には、物語作りの手伝いなどしてもらうことはできないと拒絶されてしまったのだろう。思っていた以上に、現代と平安時代のルールやマナーは異なるようだ。

いつまでも「記憶をなくした姫君」で通用するとは思えない。このままの自分でいたら、先ほどのような失態を何度も繰り返すはめになってしまうのではないか。物語作りの手伝いどころではなく、「常識のない姫」としてこの邸からも追い出されてしまうかもしれない。

私がたった一人、誰の協力も得られずに現代に帰れる見込みはどれぐらいあるだろう。まだ、現代に帰るための何のヒントも摑んでいないのである。この邸に滞在し続け、元の世界に戻る協力を得るためには、早急にこの時代の姫なら知っている知識や常識を身につける必要がある。

そして、知識を身につけたら「思い出したのだ」と言えばいい。まずは、この平安時代の常識をどこで手に入れるか、だ。

今さらながら、「イケメン」とときめいたとほぼ同時に蔑まれてしまったという、先ほどの大失態に胸が痛んだ。

そろそろ私の身に起きたことをありのまま語ろうと思う

その日の夕方。

私は、大学寮から帰って来た惟規さんの部屋を訪ねた。この時代の知識を身につけるためには、誰かに自分が遠い未来からやって来たことを明かさなければならない。侍女の二人に尋ねてみるという方法もあったが、彼女たちとはまだたいした会話を交わしてはいない。いきなり「タイムスリップしました」と相談するのは気が引けた。

この時代に来て、行き倒れていた私を見つけてくれたのは惟規さんである。その状況がわかっていて、しかも夜盗が姫の振りをして金持ち貴族を待ち伏せているとか、妖怪が化けているとか、そんな可能性があるにもかかわらず、心配して家まで連れて来てくれたのだ。そんな優しげでまっすぐな青年、惟規さんが相談相手として最適に思えた。

帰宅した惟規さんの部屋で、几帳を挟んで対面する。

「近江から聞いたところによると、何か相談したいことがあるとか？　姫のお邸に比べこのあばら屋ではいろいろとご不便もあるでしょう。遠慮なく相談してくださいね」

年かさの侍女、近江さんに言づてを頼んでおいたところ、多少の誤解はあるようだが、相談したいことがあるという事実は伝わっているようだ。しかし、何と切り出すべきだろうか。

「……姫？　言いにくいことでも、私には何でも相談して欲しいんです。私は心から、姫の力になりたいと思っているんですよ」

私が言葉を探しているのを、言いあぐねていると取ったのか、几帳の向こうから明るく優しい声が響いた。

ああ、本当になんて良い方！

私は勇気を出して、頼み事を口にする。

「実は……この時代の……というか、貴族の教養を教えて欲しいのです」

「……それは、姫はご自身のことだけではなく、普段どのように暮らしていたかも忘れてしまった……と？」

「ええ……まあ……」

「ああ、何とおいたわしい！　私にできることなら、何でも力になりましょう！」

あまりにもまっすぐな反応。私の良心がチクリと痛む。

几帳の、布と布の隙間からそっと覗き見ると、惟規さんの瞳には涙が滲んで見える。

この真っ正直な方には、すべてを話した上で相談に乗ってもらう方がよいのではないか？

たとえ信じてもらえなかったとしても。

私は再び、おずおずと口を開いた。

「実は……、忘れてしまったというか……私は、そもそもとても遠いところから来たのです」

「遠いとは……、天竺ですか？　あるいは渤海国？　それとも、もっと遠い国なのでしょうか？」

惟規さんは私が聞いたこともない国の名前を次々と挙げる。

「信じてはもらえないかもしれません……。ここが私の推測した時代で合っているのならば。おそらく、私はいまのこの時よりも千年ほど先の……、未来からやって来たようなのです」

「千年……未来……？」

そう言って、惟規さんはそのままの姿勢で口をポカンと開けて固まってしまった。幽霊か宇宙人を目にしたかのような驚き方だ。

いや、それも当たり前かもしれない。私自身も、タイムスリップなんてゲームやマンガというフィクションの中で起きる現象に過ぎないと思っていたし、それがまさか自分の身に起きようとは思ってもみなかったのだから。

私はあえて、この時代の姫君ならしないことをした。

「私は……私の名前は……香子と……申します」

「待ってください！　確かにあなたのことを私は嫌いではない、むしろ……、いや、しかし……妻問いをするにはまだ早いのではないでしょうか⁉」

昼間の兄君と同じ反応。

「私のいた時代では、みな名前で呼び合うのです。身分も何も関係なく……そう、皇族の方ですら、私たちは名前でお呼びします……」

「……まさか、そんな！　宮様の忌み名など、我々ごときが知るはずもありませんよ？」

「……それぐらい遠い未来から来たのです。昼間、兄君にも同じように名乗ってしまいました。あ、偶然、昨日の女性が男性だと知ってしまいましたが……そんなわけで秘密を話す相手もここにはいません。そして、兄君から叱られました。万葉の一番目の歌も知らないだなんて、と」

「ああ……兄のことを知ってしまったのですね。そして、和歌を知らない……と？」

まったく知らないわけではない。小学校の頃に、『百人一首』は暗記させられた。ただ、いまとなっては全部憶えているわけではない。

「有名な歌はいくつか……ええと……〝衣ほすてふ天香具山〟とか？」

「持統天皇の御製……では、万葉を知らないわけではないですね？　これを読んでみてくれませんか？」

惟規さんは、部屋の隅の棚から巻物を手に取り、几帳の隙間から私に手渡した。

「どうやって開くのか……わからないです」

あまりにも高級そうな紙に、飾り結びされた糸。この糸をほどけば良いのだろうけど、万が一、開き損ねてどこか傷つけたり破ってしまったらと思うと手が震える。

そんな私の様子を見ていた惟規さんは、再び巻物を手に取ると今度は私にも見えるように、惟規さんの方から私の方へと床に巻物を広げてくれた。

　キラキラと金箔が光る和紙の上には、女性と男性の絵が描かれていて、その周囲に文字らしきものがたくさん書かれている。しかし、すべて繋がった崩し字で、一字一字の境目すら私には見分けることができなかった。

「ごめんなさい。読めません……絵巻物ですよね？」

　授業で習った知識で、この巻物が絵巻と呼ばれるものであろうということだけはなんとか理解できた。

　恐縮する私に、

「謝ることはありません。あなたが嘘を言っていないことは、目を見ればわかりますから」

　と優しく声を掛けながら、惟規さんは新たな巻物を広げる。

「では、これは？」

　今度は、一文字もひらがながない。漢文だ。しかし、これならばまだ一字一字の判読はできる。漢字を一字ずつ目で追ううちに、漢文の授業で習ったばかりの四字熟語を見つけることができ、ようやく理解できるものに出会えたという嬉しさから私は思わず声を上げた。

「あ、四面楚歌！　これならわかります、『史記』ですよね？」

「女性の使うかな文字は読めないけれど、私が大学寮で使っている『史記』なら読める……ということですか」

　しばらくの間、呆けていた惟規さんだったが、

「それで、あなたのいた千年先の未来というのはどんな世界なのか、教えてもらえますか？」

と言って微笑んだ。

「私が未来から来たことを、信じてくれるのですか!?」

「さっきも言ったように、嘘をついている者の目には見えませんから。もし、あなたのいた世界がここととあまりにも違って困っているのであれば、少しでも不便のないよう私はあなたの力になりたいと思うんです。そして、一緒にあなたがいた世界に帰れる道を探していきましょう」

やはり、この方に相談してよかった。

ホッとした私は、親しげな口調で相対してくれるようになった惟規さんに影響されたのか、普段の自分ならけして口にしないようなことを口走っていた。

「あの……、兄君には『〝式部〟と呼ぶように』と言われたのですが……あなたのことは何とお呼びしたらよいですか？」

「あなたの時代では、名前で呼び合うのが普通なんですよね？　でしたら、私はあなたのことを香子さんと呼ばせてもらってもいいでしょうか？　あなたも私のことを〝惟規〟と呼んでくれてかまいませんよ」

日中、兄君の式部さんのところで地まで落ちていた気持ちが、ふわりと浮上する。

もちろん、見知らぬ時代にいることに変わりはないし、帰る手立てがわかったわけでもない。

ただ、たった一人でも味方がいてくれる。惟規さんの存在が、私に勇気を与えてくれるような気がした。

「本当にありがとうございます……。私、この時代の人物といったら、藤原道長ぐらいしか知らなくて、いまがいったいいつなのか……」

「その御名は口にしない方がいいかもしれません」

先ほどまでのやわらかな口調が一変する。

「？」

「香子さん。私の名前は呼んでもらってもかまいません。でも、男性の名前も本来は知っていても口には出さないのが常識で、官職で呼ぶのが慣わしなんです」

「え、私、歴史上の人物の名前を言っただけ……って、あっ！　もしかして、みちな……」

私の言葉を遮るように惟規さんが説明を続ける。

「その方は、現在の左大臣、中宮様のお父上。兄に物語を作るようにと命じているのが、その左大臣なんですよ」

ああ、〝ちょうほう〟なんて聞いたことはなかったけれど、ここはきっと教科書の平安時代のページの中でも、比較的行数の割かれる重要な時代なんだとようやく悟った。〝摂関政治〟という言葉が頭に浮かぶ。ここは、中宮の父として藤原道長が権力を握っていた時代なのだ。

助けて！元の世界への帰り方がわからないんで至急アドバイスが欲しい！

これまで漠然と「平安時代にタイムスリップしてしまったんだろうなあ」と思ってはいた。しかし、実際にその時代に生きている人からはっきりと、あの藤原道長がいまの左大臣だと聞かされると、タイムスリップという荒唐無稽な出来事があらためて現実的なものとして私に突きつけられたような気がした。

階段で転倒したときに遠くで聞こえた、奈々美の声が思い出される。あの後、奈々美はどうしただろうか。消えてしまった私をひどく心配しているのではないか。そして、修学旅行先で娘が行方不明になったと聞かされた父や母はどんなに嘆いているだろう。

「ゲームやマンガ、妄想の世界だけで生きていけたらどんなに楽しいだろうか」なんて考えたこともあったけれど、いまあらためて思うのは、フィクションの世界を楽しめるのはリアルな現実という足場があってこそなのだということだった。私はいま家族という庇護を失い、現実という足場を急に外されて、ただひとりで平安時代という現実に放り出されてしまっている。

唯一の味方と言えるのは、目の前の惟規さんだけだ。

「そもそも、香子さんはどうやってこの世界にやって来てしまったんでしょう？　未来には、時間を行き来できる呪いでもあるんですか？」

時間を行き来できる〝機械〟ではなく、〝呪い〟と考えるなんて、やはり平成の時代に生きる人とはまったく違う思考回路を持っている過去の人なのだとあらためて思う。

「私もどうしてここにいるのかわからなくて。階段を踏み外したら、そのままこの時代に……」

自分でそう言いながら、厳しい現実を突きつけられたような気がした。来たときの原因がわからないということは、帰るための手がかりもまったくないということだ。

私がいままでプレイしてきたゲームだったら、こちらに召喚してくれた存在がいて帰り方も教えてくれたり、時空を跳ぶためのキーアイテムがあったりした。ゲームだから当然エンディングは用意されているわけで、決められたミッションをこなせば、元いた世界に帰ることができる。もちろん、恋愛が発生した場合には、彼とその世界に残留するというエンドも選べるわけだけれど。

私が階段を落ちたときは何も持っていなかったからキーアイテムはない。そして、私を拾ってくれた惟規さんも、このような質問をするということは、当然、私を召喚したわけではないらしい。まずは、このタイムスリップという状況についてアドバイスしてくれるような人物を探す必要があるだろう。

不可思議なこの状況に対してヒントを与えてくれるような人物……、と教科書の平安時代のページを思い出してみるものの、見事に〝藤原道長〟〝摂関政治〟〝荘園〟ぐらいしか思い出せない。むしろ、私の場合、ゲームやマンガを思い出した方がよさそうだ、と思考をそちらに切り替えてみる。不思議なこと、……物の怪、鬼……、呪い、呪術……あ、陰陽師！　安倍晴明!!　彼もこの時代の人物ではなかったか？

「あの、安倍晴明とかだったら、なぜ私がタイムスリップ……つまり、時間を遡ったのか、とか何か教えてはもらえないでしょうか？　若い頃から鬼が見えたとか、呪文だけで蛙を殺したとか、邸には誰も使用人がいないのに勝手に扉が開くとか、蘆屋道満と戦ってその式神を奪ったりとかしていた、すごい陰陽師ですよね？」

　我ながら、すごい人物を思い出せたものだ。もちろん、羅列したエピソードはすべてマンガや映画の知識だけれど。

「安倍……、ああ、安倍左京 権大夫のことですか？」

「サキョ……？　ダイブ……？　陰陽師ではないんですか？」

「いや、いまは陰陽寮の所属ではないというだけで、陰陽師でいらっしゃる。ただ、香子さんが言ったような話は噂としても聞いたことがないですね……」

「えっ、じゃあ陰陽師としての力は何も持っていない……、ということですか？」

　名案だと思ったのに、と私はがっくりと肩を落とす。

「というよりも、香子さんの陰陽師に対する理解が私たちと異なっているような気がするんです。安倍左京権大夫はもともと天文博士なんですよ。天の動きと陰陽五行を元に、先のことを占い、何か凶事が起こりそうなときにはお主上に奏上する。宮中の行事を行うのにいつが良い日か占い、お主上や宮、后、大臣などに病があればその原因を探る。そういったことがおもなお役目で、誰かと戦ったりするような方ではないと思います」

はあ〜、と溜息を吐きながら、さらに私は肩を落とした。「お母さんが狐なんですよね」まで言わなくて本当によかった、と思いながら。

どうやら、私が知っている安倍晴明のエピソードは、ほとんど創作のようだ。まあ、マンガや映画の知識だから、フィクションでも仕方ないだろう。でも、きっと21世紀の日本人はみな、晴明についてはほぼ私と同じような誤解をしている、と思う。だって、惟規さんの話を聞く限りだと、晴明って宮廷のための占い師のようなものだ。それなら、浄霊したりオーラを見たり、未解決事件を解決したりする、21世紀の霊能者の方がすごいんじゃないかとも思ってしまう。

「じゃあ……、私に起きている現象についてもきっと何もわからないということですね」

「いや、そんなことはありません。陰陽五行とはすべての理の根底にあるもので、時を遡るのも天文や暦の学問の範疇だと思いますから、香子さんの考えは名案ですよ」

「なら……、その安倍のサキョなんとかさんに頼めば、もしかしたら！」

「いや、期待を持たせてしまったなら……申し訳ありません。貴族と言っても我が家程度の者では、左京権大夫殿に呪いを頼むことはできないんです。そもそも国のために働くお方ですし、個人的に依頼するとしたら、左大臣ぐらいの権勢を持つ者でなければ無理だと思います」

「やはり、無理なんですね……」

ああ、何度喜んだり悲しんだりすればいいのだろうか。

「そんなことないですよ、香子さんはいいことに気がついたと思います。左京権大夫とまではいかなくても、陰陽寮にいる天文生や暦生なら、香子さんの身に起きた現象について示唆をくれるかもしれませんからね。明日、大学寮に行ったら陰陽寮に伝手がある者がいないかどうか、みんなに聞いてみるとしましょう」

惟規さんのその答えを聞いて、私はまた浮上する。

「やった！　キュウキュウニョリツリョウッ！　って感じですね！」

と、唯一私がゲームやマンガで知っている陰陽師の使う呪文を織り交ぜて喜びを表現すると、几帳の向こうから笑い声が聞こえた。

私にとっては、遠い時代の違う世界に住む人。

でも、こんなふうに親身に相談に乗ってくれたり、一緒に笑ってくれたりする。ゲームのキャラクターではない、目の前に存在する生身の男性なのだ。

いままで感じたことのない感覚。手を伸ばせば触れることのできるリアルな男性なのに、まるで同性の友人と話しているように自然に話ができるなんて。生まれて初めての体験だけれど、けして嫌な感覚ではないいんだな、と思いながら、私も惟規さんと一緒に声を上げて笑った。

第7話　三人目の攻略対象が陰陽師として現れました

翌日は、惟規さんが貸してくれた絵巻物を近江に読み聞かせてもらって過ごした。

「大人の女性の方が小さな女君のように女房に読み聞かせをねだるだなんて、おかしなこと」

と、若い方の女房、讃岐は笑う。

「姫君は日常のことまで記憶を失われて困っていらっしゃるのですから。讃岐、無駄口を叩いている暇があったら奥で縫い物でもしていらっしゃい。あと、手が空いたら炊き殿の方も手伝ってあげるのですよ。いまはどこも人手が足りないのですから」

と、近江にたしなめられると讃岐は黙って出て行ってしまった。

「姫様、讃岐があのように失礼なことを申しまして申し訳ございません」

「いえ、お忙しいのに私の方こそ、このようなことを頼んですみません……」

貴族の教養を教えてもらおうにも、惟規さんは、大学寮での勉強があるため、日中は不在である。かと言って、教養を身につけようと奮起するきっかけとなった式部さんに教えてもらうこともできない。

私は、惟規さんが見せてくれた絵巻物を借りることにした。侍女の二人には、惟規さんが、

「姫は自分の身に起こったことだけではなく、字や歌まで忘れてしまったとのこと。物の怪に襲われたのかもしれない。私がいない昼の間は助けてやってくれるか？」

と、上手く説明してくれた。

そのおかげで、このように絵巻を読み聞かせてもらうこととなったのだ。

近江が絵本を読み聞かせる母親のように物語を語ってくれるので、絵の中の男女の恋物語が字の読めない私にも理解できる。

日が傾き始めた頃。大学寮から帰って来た惟規さんが、喜色満面といった体で私の居候させてもらっている部屋へとやって来た。

「香子さん、陰陽師が見つかりましたよ。それもなんと、あの安倍左京権大夫の孫にあたる方です。あと半刻もすれば邸に来てくれるそうですよ」

と、御簾越しに伝えてくれる。

「えっ……そんなさっそく……、ありがとうございます！」

とお礼を言いながら、安倍晴明の血筋だなんて、これは期待できるんじゃないかとワクワクした後に、ふと違和感を覚える。

「……ん？　……孫？」

「そう、直系のお孫さんで、いまは天文生として学ばれている方なんです。大学寮で友人たちに聞いてみたら、仲良くしているという友人がいましてね。すぐに見つかって本当によかった。

安倍の宗家の方になんて、我が家程度ではおいそれと頼めないですから。でも、その方は長男ではないせいか気さくな方のようで。ふたつ返事でいらしてくださる、と」

途中から、惟規さんの言っていることが頭に入らなくなってくる。

そう、私はマンガや映画、ゲームのイメージで、安倍晴明は若くて超美形なんだと勝手に思い込んでいた。孫がいるっていうことは、この時代ではもう晴明はお爺ちゃんなの⁉

「あの、安倍のサキョなんとかさんって……おいくつぐらい？　まだ若いのに、お孫さんがいるとか？」

「おいくつかは、私もはっきりとは……ただ、かなりのご高齢だったような気はしますよ」

そう答える惟規さんの声に被さるように、遠くから聞き慣れない男性と讃岐の話し声が聞こえてきた。

「もうっ、まったく何をふざけたことをおっしゃるのですか」

責めているようでいて、さっきとは打って変わって嬉しそうな讃岐の声。

「ふざけてなどおりません。山の奥を流れる水の流れが落ち葉で遮られてしまうように、私の思いが遮られなかなか伝わらないことを、私は真剣に嘆き悲しんでいるのですよ……」

そして、これは讃岐を口説いているのだろうか？　まるで演劇の台詞のように仰々しい口説き文句が足音と共に近付いて来る。

御簾の向こうで、惟規さんが足音の方に顔を向ける気配。

「あ、これはこれは、安倍天文生様、今日はさっそくいらしていただきどうもありがとうございます」

と、威儀を正して礼をしているらしい惟規さんに対し、

「かまいません。困っている姫君がいらっしゃるなら、私はどこにでも参上いたします。富士の峰の頂上でも、陸奥の奥深い山奥でも。冥府にだって降りて行きましょう」

と、惟規さんの背後から明るい声が聞こえて来た。

御簾越しなのではっきりとは見えないものの、惟規さんよりはかなり背が高そうである。陰陽師が来てくれると聞いたときから、勝手にマンガやゲームの中の晴明のような、クールで知的な色白の美形をイメージしていた。それこそ、現代ならメガネが似合いそうなキャラを。

しかし、いま御簾の向こうから話しかけてくるその声は、クールというよりも、セクシーなイケボ。見た目も声と同じく思いっきり甘い、花やキラキラした特殊効果が似合いそうな美形。陰陽師がホスト系キャラとは、現実は乙女ゲームより奇なり……といったところだろうか。

「はじめまして姫君、どうか遠慮なく、この陰陽師めを頼ってくださいね」

ただでさえ生身の男性との経験値が少ないというのに、イケボのホスト……否、陰陽師とは。御簾の前で、華麗に礼をする陰陽師に対し、うろたえるばかりで、うまく反応ができない。

「姫様はすべての記憶を失っていらっしゃるとか、どうかよろしくお願いいたします」

声を発することのできない私に代わって、隣の近江が威儀を正して礼をする。

「おお、こちらにもお美しいご婦人が。あなたとも是非、日をあらためて姫君のことだけでなく様々なことを語らいたいものです」

おそらく、かなり年上であろう近江のことまで、まるで呼吸をするように自然に口説いている陰陽師の態度に唖然とする。そして、そんな茫然自失の私の方を向いて、

「大丈夫ですか、記憶をなくしていらっしゃるとは。さぞや不安でいらっしゃることでしょう。ああ、おいたわしや。私にできることならなんなりと力になりますよ、姫君」

ヤバい、腰がくだけそうなイケボ。座っていて本当によかった、立っていたらヘナヘナと座り込んでしまいそうな、少し鼻にかかった甘い声。

優しくて真面目、一生懸命主人公のために奔走してくれる惟規さん。近寄りがたい雰囲気と威圧感で、いまは思いっきり塩対応の式部さん。

……と来たら、確かに、そろそろこういう系統のキャラも出てくるよね、とは思う。ただ、それが陰陽師だというのは予想だにしなかったけれど。

ああ、やはり現実は妄想の世界を超えているのかもしれない。

第8話 陰陽師がノーマルエンドに至る攻略法を知っているようです

「ご足労おかけしますが、ちょっと部屋を移動しましょうか」

惟規さんがチラリと女房たちに視線を向けてから、私と陰陽師にそう話しかける。おそらく、タイムスリップという秘密を最小限に収めておきたいという惟規さんの配慮であろう。

私が頷(うなず)く一方、ホストのような陰陽師は、

「美しい花々に囲まれて話ができないのは残念ですが、本日は姫君のお悩(なや)みを解決するために参りました。もちろん、どこまででも参りますよ」

と言ってから立ち上がる。そして、近江と讃岐に視線を向けて、

「私が宵闇(よいやみ)に紛(まぎ)れて忍(しの)んで来られるように、夜になっても妻戸は閉めないでおいてください」

と言い置くことは忘れない。

昨日の式部さんが糖度ゼロだとしたら、この陰陽師は登場時点から糖度マックスである。

しかし、この甘い台詞は、まだ若い讃岐の心を確実に蕩(とろ)けさせたようで、どちらかと言うと私に対してツンケンしていた讃岐が、

「また、ご冗談(じょうだん)を。ふふ。どうか姫君のお力になって差し上げてくださいね」

と答えたほどだった。

私たち三人は、惟規さんの部屋に移動し、人払いした上で、あらためて安倍の某さんに具体的な相談に乗ってもらうことになった。

惟規さんの部屋の片隅には、堆く巻物が積み上げられて、一部は机の上に広げられたままになっている。

「散らかっていてすみません、昨夜勉強したまま大学寮に行ったものですから」

机の上の書物には、馴染みのある名前がいくつか見えた。思わず声に出して読んでしまう。

「わ～、董卓！　袁紹！　りょ、呂布だ～!!」

「ああ、文章生殿の縁の姫君だけあって、漢籍にも大変精通していらっしゃる才媛のようですね。どうか私に寝物語として漢籍を手ほどきしていただきたいものです」

オタク全開でやってしまったと後悔する間もなく投げかけられる、安倍の某さんの流麗な口説き文句に私は絶句し、惟規さんも驚いたように片付ける手を止めた。

「天文生殿、実は……」

そう言いながら、惟規さんは私の方をチラリと見る。

おそらく、タイムスリップしたという具体的な相談はこれからで、それをこの陰陽師に打ち明けていいかどうか私に確認してくれているのだろう。私は扇を少しずらし目が見えるようにしてから、惟規さんを見つめ頷いた。

「実は姫君は、我が家縁の姫君ではなく、千年先の世からやって来た方なのです。そのため、我が家では解決の糸口さえ見えず、天文生様にお越しいただいたというわけです」

言葉を失っていた私の代わりに、惟規さんが事情を説明してくれる。

安倍の某さんは、一瞬だけ目を見開いてから、

「なんと！　いままで数多の女性に出逢って来ましたが、未来からやって来た女性にお逢いするのは初めてです。できることならその手に触れ、先の世の香りをこの肌で感じてみたいもの」

信じられない事実を明かされた直後でも最後は私を口説くことを忘れない、その徹底したプレイボーイぶりに尊敬の念すら抱き始めていたが、口説かれた経験のない私はやはりどう返答してよいかわからずに固まってしまった。

「『史記』だけではなく、『後漢書』も読めるのですね。未来の女性は、皆、香子さんのように教養があるんですか？」

そんな私の緊張をほぐそうとしてか、惟規さんが私に質問をする。

「あ、『史記』の〝四面楚歌〟は、高校で習ったんですけど。でも……。私が特別なわけではなく、董卓や呂布だったら私ぐらいの年の子ならみんな知っていると思います」

もちろん、ほとんどの人間が〝ゲーム〟で知っているだけだとは思う。『三国志』なら、い

まやスマホのアプリも山ほど、まさに群雄割拠している状態だから、ライトゲーマーでも董卓や呂布ぐらいなら知っているだろう。

「それは、すごい世の中ですね。コウコウというのは、どういった機関なんです？」

「ええと……大学に入る前に勉強するところです」

「ということは、いまの制度でいう擬文章生ということになりますね。私も、擬文章生の間に『史記』と『漢書』、そして『後漢書』を学び、試験を受けてようやく正式な文章生となりましたよ。私はさほど漢籍を読むのを得意としてはいないので、試験にはとても苦労したものです。いまからでも、香子さんに代わっていただきたいぐらいですよ」

と、惟規さんは微笑む。

「え？　得意な職業は選べないのですか？」

と尋ねると、

「私の祖父から父の年代頃からでしょうか。この家は漢籍を得意とする家、この家は和歌の家、この家は陰陽師の家、といったように、家ごとの役割がある程度決まってしまったんです」

という答えが返ってきた。世襲制ということだろうか。

それまで、黙って私たちのやりとりを聞いていた安倍天文生さんも、口を開く。

「うちも祖父の代から、陰陽道の中でも天文の家と決まってしまいました。私は、あなたのような美しい姫君を守る侍になりたかったのですけれど」

おそらくわざとであろう、最後の一言は私に近づいて耳元に囁きかける。惟規さんの机の傍で中腰になって巻物に見入っていた私はふいをつかれて、その場にへたり込んだ。

「香子さん、やはり几帳を立てましょうか。あなたのいた世界では、女性は名前も顔も隠さないそうですが、やはり距離が近すぎたようですね」

と、惟規さんが心配そうに私を覗き込む。

「ありがとうございます、惟規さん。あ、安倍天文生さんの言葉にちょっと驚いてしまって」

「国時と呼んでくださってかまいませんよ。文章生殿とも名前で呼び合っていらっしゃるようですし。男性と女性が名前で呼び合い顔も隠さないとは、未来は極楽浄土のようですね。さしずめ姫は、浄土からいらした天女様。とはいえ、高嶺の花で触れられないのは困ります。この手で触れ、撫でたいとの思いを込め、撫でし子の君と呼ばせていただきましょう」

「……は、は、はい……」

私は声が裏返りそうになりながら、なんとか諾と答えた。


惟規さんの勧めもあり、また国時さんがどんな悪戯を仕掛けてくるか私も心配になったので、念のため几帳を挟んで私たち三人は座ることにした。男性陣二人と私とが対面して座り、その間に衝立として几帳が置かれているという状況だ。

「最初に申し上げておきたいのですが、私は父や祖父のように鬼が見えるわけではないのです。

陰陽師としてはたいした力を持たない私ですが、私のできる範囲であなたの力になりたいと思っています。それでも、よろしいでしょうか、美しい撫でし子の君」

——ただの〝撫でし子〟でもむず痒いのに、〝美しい〟という形容詞を入れたら余計ムズムズするじゃない！

と、心の中ではツッコミたくなったが、当然そんな余裕などない。それに、それよりもその前の部分の方がいまは大事だ。

「ええと、〝鬼が見えない〟……のですか？」

ということは、やはりこの前、惟規さんが言っていたように、陰陽師と言っても、占い師のようなものということなのだろうか？

「そうです。とはいえ、まず〝鬼〟に対しての認識が我々の間で異なっていないかどうか確かめさせてください。撫でし子の君のいらした極楽浄土で、〝鬼〟とはどんなものですか？」

私は桃太郎や一寸法師に登場する鬼たちを思い出す。退治される対象である悪者たちだ。

「そうですね、肌は赤か青。身体がとても大きく角が生えている。虎柄のパンツ、あ、下着をつけて、金棒を持っています。そして、人間に悪さをする存在ですが、たまにいい鬼もいます」

私の話を聞いていた国時さんが、プッと噴き出した。

「千年の間にものすごい化け物に成長したようですね。〝鵺〟よりも恐ろしそうだ。では、文章生殿、漢籍の中の〝鬼〟とは何でしょうか？」

　国時さんは、今度は惟規さんに質問を向ける。

「漢籍の中で鬼と言ったら、やはり身体から抜け出た魂でしょう。霊魂のことですね」

「その通り。私の父や祖父は、それらを見ることができるということなのです、愛しい撫でし子の君」

　今度は〝愛しい〟という形容詞が付いたことで、思わず後ずさりそうになったが、なんとか逃げたい気持ちを抑えて声を絞り出す。

「国時さん……のお父さんとお祖父さんは、幽霊を見ることができる……ということですか。そういう人なら……私のいた時代にもたくさんいました。霊能者……と呼ばれていましたが」

　マンガの中の晴明なら、桃太郎のような鬼退治もできそうだ。しかし、現実にいま私の目の前にいる国時さんは、常に女性を口説いているということを抜かせばごく普通の人に見える。鬼退治するお祖父さんがいるようには思えないが、幽霊を見ることができるお祖父さんとお父さんがいるという話であれば、一気に現実味を帯びてくる。

「なるほど、極楽浄土にも鬼が住み、陰陽師がいるわけですね、おもしろい。それと、〝オニ〟とは〝隠〟。隠れて住む者も意味します」

と言ってから、国時さんは自分の人差し指を唇に当てて、「しーっ」という仕草をして見せてから自らの声のボリュームも落とす。

「朝廷が、その下にまつろわぬ者たちを〝オニ〟として退治してきたことはご存じでしょうか？　古くは出雲、そして近年では、東の平将門や、蝦夷たち。滅ぼした側は恐れるのです。きっと、このことによって自分は祟られる、呪われるに違いない、と」

「疑心暗鬼……ということですか？」

「そう、まさにその言葉通り。本当に聡くていらっしゃる。ますます愛おしくなりましたよ」

またむず痒い台詞を織り交ぜての説明ではあったが、私は次第に国時さんの説明に引き込まれていった。確かに、平将門の首塚はいまでも大手町のど真ん中に祀られていて、祟りがあると言われている。

「権力を握った者は、屍の上に立っているようなものです。祟りや呪いに対する恐れや不安を取り除くのも、我々の仕事だと思ってください。もちろん、本当に祟られている場合も往々にしてありますけれどね」

と、笑えない一言を国時さんは付け加えた。

「残念ながら、私には父や祖父が得意としていることはできません。だから、こう見えても、私は陰陽寮で地道に、陰陽五行や天文や暦という理について学んでいるわけです」

「陰陽五行というと……、青龍、朱雀、白虎、玄武といった四神。それに、木は土に強く、土は水に強くて……といったようなことですか？」

「これはこれは。驚きましたね。撫でし子の君は、紀伝道に通じるばかりか、陰陽五行の理までご存じのようだ。これでは、私は陰陽師という肩書きを返上せねばなりません」

　国時さんは、扇でピシャリと自分の額を叩きながら大仰に驚いてみせる。しかし、もちろんこれはゲームから得た知識に過ぎない。スマホの単純なアプリですら、○属性が×属性に強い、といった属性をシステムに取り入れているものが非常に多い。だから、ゲーマーにとっては、非常になじみ深いものなのだ。

「しかし、撫でし子の君がそこまで陰陽道に通じていらっしゃるならば話が早い」

「都の東西南北にいらっしゃる四神を味方につけると、元の世界に戻れる……とかですか？」

　私は自分にとって、非常になじみ深いゲーム的な展開を口にしてみた。

「それはさすがに難しいでしょう。四神というのは、この都が安寧であるため配置されたもの」

　やはり現実はゲームのように簡単にいくわけはないか、と私はうなだれる。

「安心してください、私が得意とするのは努力で身に付けた天文の分野です。その方向から、なんとか帰る術を見つけ、撫でし子の君の笑顔を取り戻すと約束いたしましょう」

　国時さんは、几帳から身を乗り出して、私の両手を握り、

「そのために私が問うことにまずは答えてください、撫でし子の君」

　と、何か確信があるかのように強い瞳で私を見つめた。

――この人は、タイムスリップの原因に何か思い当たることがあるのだろうか？

心臓がバクバク言って口から飛び出そうだが、それはイケボで囁かれながら両の手をがっしりと握られているせいなのか。それとも、帰る方法が見つかりそうだという期待感からなのか。なんだか頭がぼうっとして、私にはどちらが原因かわからなくなっていた。

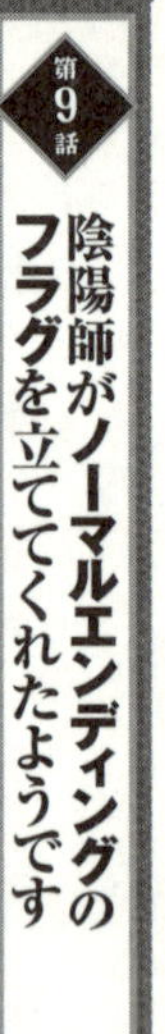

第9話　陰陽師がノーマルエンディングのフラグを立ててくれたようです

「麗しき撫でし子の君、さあ、私の質問に答えてください。ここからが重要です。いいですか？」

先ほどまでの私をからかうような物言いとは違って、強い意志の感じられる国時さんの問いかけに、現実に引き戻された私はコクリと頷いた。

「あなたがこの時代に紛れ込んでしまったのは、いったいいつのことですか？　そして、どこの場所に現れたのですか？」

あらためて問われて、長保四年ということまでしか確かめていなかったことを思い出す。私は惟規さんの方を見て、目で助けてと訴えた。

「私が香子さんを見つけたのは、おとといのこと。文月……、七月一日の夜です」

私の代わりに答えてくれた惟規さんへの礼を言うことも忘れ、

「え、七月ですか!?　……こんなに寒いのに」

と、私はひとり驚きの声を上げてしまった。旧暦だから現代の七月と単純には比べられないものの、いまのこの肌寒さは初秋と感じるような気温ではない。このような気候ならば、十二単のようにたくさんの着物を重ねなければ、越冬できないだろうと納得する。

「時代によって気温が多少変化するのは、これまでの記録からすれば想定の範囲です。それにしても、六月には干魃、雷の被害もあり、天変地異が続いているのが気がかりです。そして、撫でし子の君がこの時代にやって来た七月一日に起きたのは、日蝕。おかげで美しい姫に出逢えたのですから天に感謝したい気持ちではありますが、撫でし子の君の胸中を考えるといたわしきこと。さらに、これはまだ先のことですが、七月十五日には月蝕が起きることでしょう」

そういえば、私がタイムスリップした日も、関西では部分日蝕が見られるとニュースで言っていなかったか。国時さんの口説き文句をまともに受け取っていると説明が頭に入って来ないので、あえてそこはスルーして天文に関する説明だけを聞くように頭を無理やり切り替える。

「同じ月のうちに、日が欠け、月も欠けるとは珍しいことで、我が祖父も何か起きるのではと懸念していたのです」

現代でも日蝕が起きた日。そして跳んだ先の時代でも日蝕が起きている。確かに偶然とは考えにくい。私は、早鐘のように鳴る心臓の鼓動を感じながら問いを発した。

「日蝕や月蝕が、……何か私たちに影響を与えるのですか？」

「ええ、日蝕や月蝕は忌むべきもの。お主上は日蝕や月蝕にその尊い御身を晒してはいけないと古くから言われています。我が朝の皇太子は、日嗣の御子と呼ばれてきました。お主上が太陽であり、それを継ぐものであるということですね。日蝕は、お主上だけではなく我々にも少なからず影響があるのではないかと思われます。私に祖父のような力がないのが嘆かわしい。

撫でし子の君の不安をすぐ取り去って差し上げたいのに……」

袖で涙を拭う素振りを見せる国時さんはとりあえず放っておいて、私は日蝕に関する説明だけを反芻し、質問を投げかける。

「つまり……日蝕と私が時空を跳んでしまったことと、何らかの関係があるかもしれないと？」

「その答えを言う前にもうひとつ、撫でし子の君が倒れていたのはこの都のどこでしたか？」

私の代わりに、今度も惟規さんが国時さんに答える。

「天文生殿のお邸の近くでした。確か、一条戻橋の近くだったかと」

「ああ、やはり……」

確かに、私がタイムスリップした直前に十二単着付け体験をしていたのは、一条戻橋の近くだった。ということは、場所としてはほぼ同じ地点に跳んだということになる。そして、「やはり」ということは、そこにもヒントが隠されているということだろうか。

「この都には……、いえ、都に限らず、この地上、いたるところに時空の綻び、あるいは裂け目とでも言うべき場所があります。ただ、都に関して言えば、その綻びと考えられる場所に陰陽師が術を施していますから、通常であれば何事も起きないはずなのです」

「綻び……ですか？」

「綻びは、あの世とこの世が繋がる境界とも考えられています。特に、〝橋〟という場所は、異界との境界であると古くから言われている場所なのです。異界、つまり撫でし子の君のいらした世界と、我々のいる世界とが繫がってしまう可能性のある場……と言えばよいでしょうか。ところで、神隠しという現象は、撫でし子の君のいらした先の世でもまだ存在するのですか？」

国時さんの問いに、現代に神隠しというものがあったかどうか、あらためて考えてみる。

子どもの頃、オカルト雑誌でバミューダ・トライアングルという飛行機や船が行方不明になってしまう場所があるという記事を読んだことがある。そのように有名な場所以外にも、綻びはたくさんあるのかもしれない。それに、行方不明者の中には、現実で事件に巻き込まれたわけではなく、私のように時空を超えてどこかに消えてしまった人もいるのではないか。

「神隠し……行方不明者は……います。それが……頻繁に起きるとされる場所もあります」

「なるほど、先の世にもあるのですね。実は、この都の一条戻橋というところも、あの世とこの世の境界と言われる場所のひとつなのです。ですから、祖父はその近くに邸を構え、橋の下に式神を配置しています。ただ、日蝕のような大きな天体の動きがあるときまで、完全にその綻びを止めることは叶わなかったのかもしれません。そのせいで撫でし子の君がその裂け目に落ちてしまったとしたら、これは我が一門の落ち度。何とお詫びしてよいものやら。とはいえ、再び同じ条件になったとき、また時空の綻びが生じる可能性が高いということでもあります。近くは今月十五日の月蝕ですが、月蝕と日蝕が同じ条件であるかは試してみないことにはわかりません。次の日蝕がいつ起きるのか調べてまたお知らせに伺いますよ、我が撫でし子の君」

ああ、なんと。元の世界への戻り方について、一気に光明が見えてきたではないか！

　初めはこんなチャラい人、信用して大丈夫だろうかと思ってごめんなさい、と興奮を抑え切れない心の内でこっそりと詫びた。

　国時さんは、私に期待以上のヒントを与えてくれた。もしかしたら、元の世界に帰れるかもしれないという希望を与えてくれた。それも、自分自身はたいしたミッションもこなさずともよくて、すべて国時さんの知識と情報任せだ。

「本当に……どうもありがとうございます」

　私は心からお礼を言った。

「よかったですね、香子さん」

　と、自分のことのように一緒に喜んでくれる惟規さん。

　そして、予想の範疇だったけれど、

「いいんですよ。私にとっては、撫でし子の君のそのような輝く笑顔が見られるだけで望外の喜びなのですから」

　と、几帳の隙間から私に視線を向けて微笑みかけながら壮大に褒めまくってくれる国時さん。

　しかし、その大げさ過ぎる甘い囁きも、最初に感じたような嫌悪は、私の心の内から既になくなっていた。

　もしこれがゲームの世界だったなら、いまこの話を国時さんから聞いたことで、現代に帰れるノーマルエンディングのフラグは立ったはずだ。

第10話　みんなで力を合わせて壁サークルを目指すことにしました

　ようやく元の世界に帰る手がかりを掴(つか)んだことで安心したのか、その日の夜は夢も見ずにぐっすりと眠(ねむ)った。そろそろ起きようかと思っていたところに、隣(となり)の部屋から侍女(じじょ)たちの話し声が聞こえてくる。

　この時代の建物には、現代の家屋にあるような壁が室内にはほとんどない。壁のない大きな広間を、几帳や屏風(びょうぶ)を置くことで部屋として仕切って使っているようだ。放課後、学校の体育館を、複数の部活がネットで仕切って使っているのを見たことがあるが、それに近い使い方である。当然、隣の部屋と言っても布や紙でしか仕切られていないのだから、声はまる聞こえだ。

「急に今度の月蝕に間に合うよう中宮(ちゅうぐう)様のために絵を献上(けんじょう)せよだなんて、裕福(ゆうふく)な家ならいくらでも余っている物語絵があるから困らないでしょうけれど。大殿(おおとの)はどうなさるおつもりかしら。いまから絵師を手配するなんてことになったら、きっと今度は私が暇(ひま)を出される番ですわ……」

　これは讃岐と呼ばれていた若い方の侍女の声だろう。

「これ以上、女房(にょうぼう)の数が減ったら立ちゆかなくなりますから、大殿も何かお考えでいらっしゃると思いますよ」

讃岐を慰めるのは、年かさの侍女、近江の声。

「近江殿は一番の古参ですから、暇を出されることなどないと落ち着いていらっしゃるのでしょう。でも、私は……。ただでさえ、居候の厄介者のせいで食費がかさんでいるではないですか。そんなときに絵師まで雇うなんて無理に決まっています！」

「讃岐、言葉を慎みなさい。困っていらっしゃる姫君のことを厄介者だなんて口が過ぎますよ」

居候の厄介者……。説明されなくともわかる。当然、これは私のことだろう。

昨日の昼間、庭を見てあらためて思ったけれど、塀の破れ目を修繕する費用にも事欠き、雑草を刈り取る手もないということは、それだけ貧窮していることの証だ。そんな中、私というただ飯食らいが増えたら、文句のひとつも言いたくなるだろう。

しかし、中宮様に絵を提出せよとは、いったい何のことだろうか。

「だって……実際、あの姫君は何の役にも立たない厄介者じゃないですか。一の姫様がご存命でいらしたなら、絵師など雇わなくてもご自身で見事な物語絵を作られて、中宮様にお褒めの言葉をいただけたはずですわ。あの姫が絵でも描けるというならまた話は違いますけれど」

「亡き一の姫様の代わりに一の君様が描かれるとおっしゃっているそうですから、あなたが心配することではないでしょう。それよりも、文章生様があの姫君に同情されてお世話されたいとおっしゃっているのですから、使用人の私たちがあれこれ言うべきではありません」

どうやら絵がどうこうという話より、私が厄介者かどうかということに話題の中心が移っているようで、目が覚めたということを二人に伝えづらい雰囲気になっている。

　このまま寝たふりを決め込もうかと思い、布団代わりに掛けられている衣を顔の辺りまで引っ張ったら、思ったよりも大きな衣擦れの音が響いてしまった。ああ、気付かないで……と、思ったのだが、近江の気配りは完璧だ。さすが一番の古株と言われているだけのことはある。

「姫君、お目覚めでいらっしゃいますか？　讃岐、角盥の用意を」

　笑顔で私の部屋へと入って来た。

　先ほどの話は聞こえなかった振りをした方がいいのだろうか。しかし、このままただ世話になっているだけでは、本当に穀潰しの厄介者でしかない。何かできることがあれば手伝いたいと思い、私は近江に尋ねた。

「あの……先ほど、絵を中宮様に提出するとか……聞こえてしまったのですけれど」

「ああ……姫君、これは大変失礼いたしました。讃岐、あなたもこちらに来てお詫びなさい」

　角盥を手に戻って来た讃岐を、近江は呼ぶ。讃岐はしぶしぶと言った体で頭を下げた。

「一の姫様というのは、ご自身で絵も描かれる方なのですか？」

　私の問いに讃岐は自らの手柄のように、自慢げに語り始める。

「一の姫様は、絵だけではなく、歌も楽も何でも器用になされましたわ」

　先ほどから聞いていると、私がこれから身につけようと思っていた貴族の教養の中には、どうやら和歌だけでなく、絵も入るようだ。しかも、絵師を頼むか頼まないかという話から始まったところから考えるに、亡くなった一の姫君というのは、絵師並みに上手い絵が描けたということだろう。讃岐の言が過去形になっていることで、一の姫と一の君の秘密に抵触してしまっている気がするが、ここは聞かなかった振りでスルーするとしよう。

しかし、歌ってみた、書いてみた、弾いてみた……辺りを最低限の教養として求められて、さらに絵まで描けると褒められるだなんて。平安時代の貴族に求められる教養って……もしかして、オタクに近いのではないだろうか。物語を書くように求められている上に、一の姫君の代わりに式部さんが絵まで描くとは。この家は現在、貴族としては非常に困窮しているみたいだけれど、現代だったら式部さん一人で同人誌を作って、壁サークルになって大儲けできるんじゃないか、なんて妄想もしてしまったけれど。

逆に考えれば、オタクの私でも手伝えることがたくさんあるかもしれないということだ。物語は、和歌の教養がないと難しいようだけれど。絵なら、何か力になれないだろうか。

私は格段、絵が上手いわけでもないし、元いた時代で絵師だったわけでもない。せいぜい、お絵かきソフトで遊んだ絵をネットにアップしていた程度である。でも、イラストが溢れた時代から来た私は、この時代の人よりも、多くの絵を見ているはずだ。

「筆と紙を貸してもらえませんか？」

私は近江に向かってお願いをする。

「それと……のぶ……いえ、文章生さんが貸してくださった絵巻を全部持って来てください」

ただの厄介者ではなく、少しでもこの家の役に立ちたい。直接、式部さんに手伝いたいとは、この前の一件があるから言いづらいけれど、アイデアを紙にまとめたものを近江から渡してもらってもいいじゃないか。

鶴だって亀だって恩返しをするのに、人間の私がただの穀潰しでなんていられない。

惟規さんから借りた絵巻物を床に広げていく近江に、私は尋ねた。

「そもそもどうして、急に中宮様に絵を献上することになったのですか？　物語は作るよう頼まれていたと聞きましたが……」

「先日、安倍左京権大夫様が同じ月のうちに日蝕と月蝕が起きるとは禍々しいことと、奏上なさったのがきっかけと伺っておりますよ。中宮様はまだお若くていらっしゃいますから、急にご不安になられたとか。それで、お父上であらせられる大臣が、せめても中宮様の恐れを軽くして差し上げたいと、月蝕の夜に絵合わせをしたらよいのではないかとおっしゃいまして」

絵合わせ……。歌合わせというのは、マンガで見たことがある気がするが。

「ええと……いろいろと忘れてしまったもので、基本的なことを質問しますけれど……、その絵合わせというのも歌合わせのような……？」

「そうですね、二つの組に分かれ、優劣を争うものです」

なるほど、確かにそのような遊びをしていれば、月蝕のことも忘れていられるだろう。

「中宮様はおいくつぐらいでいらっしゃるのですか？」

「私などからしたら雲上人ですから、はっきりとは存じ上げませんが、確かまだ14、15歳ほどでいらしたかと」

なんと、私よりも年下とは。現代ならまだ義務教育の真っ最中、中学生と言ったところか。それなら、月蝕に脅えるのも理解できる。

しかし、その年で既に結婚されているとは……リア充爆発しろという言葉が喉まで出かかったが、どうせ政略結婚なんだから、と自らを落ち着けた。

頭を絵合わせへと、切り替える。

中学生ぐらいの女の子が好む絵とは、どんなものだろう。

広げられた絵巻を見ながら思案する。

この前、近江に読んでもらったときにも思ったのだが、この時代の絵巻の恋愛シーンはいまいち萌えないのである。もちろん、それは絵自体が現代のマンガやゲームのキラキラしたイラストとは違って、細い目に下ぶくれの男女だから、ということも理由のひとつだろう。この時代の人にとっては、これでも美男美女に見えて、充分萌えるのかもしれない。

ただひとつ気になるのは、視点が俯瞰だったり、遠くから覗いているような構図だったりして、物語の中に入っていくことが難しいという点だ。

現代の私たちが物語の世界に没入してしまうのは、マンガならときどき主人公目線でヒーローを見るコマがあったり、ヒーローに壁ドンされたり、ゲームならそれこそ自分に向かって話しかけてくれるような立ち絵があったりするせいではないだろうか。登場人物の男女をずっと見ている側だと、やはり見る側はどうしても傍観者にならざるを得ない。

　未来にはマンガ、ゲーム、アニメ、ラノベの挿絵と様々なイラストがあるけれど、私が一番のめりこんでいるジャンルは中でも乙女ゲームだ。乙女ゲームと言えば、シナリオだけではなく、やはりここぞという萌え場面でのスチルが重要である。

　私は、近江から借りた筆と紙で、絵コンテのようなラフを描いていく。

「う〜ん、男主人公の立ち絵がバーンってあっても、この時代の絵柄だと萌えないか……。かと言って、美的感覚が違うだろうから、現代の乙女ゲーの絵柄じゃ無理だしなぁ……」

　頭を抱えていると、御簾の向こうから優しく朗らかな声が聞こえてくる。

「香子さん、どうされたのですか？」

「の、惟規さん……、って、あれ？　もう夕方ですか？」

　私と惟規さんが名前で呼び合ってしまったのを聞いたためか、近江は部屋からさりげなく立ち去って行った。気を利かせてくれたのかもしれないけれど、だとしたら恋人同士だと誤解されているのだろうか、と恥ずかしくなる。

「実は今日は物忌みで……大学寮に行く途中で引き返して来たのです」

「……物忌み？」

「ああ、道の途中で犬の死体に行き合ってしまったんですよ。お主上のおわす内裏、大内裏周辺には死の穢れを持ち込んではならないことになっているので、引き返して参りました」

「そ、そんな決まりが……あるのですね？」

「はい。それで、香子さん、何かお困りですか？」

「ええ……今度、中宮様に提出される絵……何か、私でも力になれたら……って思ったんです」

「香子さん、御簾の中に入れていただいてもいいですか？」

「あ、えと……はい、もちろん」

惟規さんは、私が使っていた文机の傍まで来ると、私の描き散らしたメモを興味深そうに眺めている。

「へえ～、未来の絵ってこんな感じなんですか。未来の人って皆このように目が大きい……？」

「や、これはデフォルメ……えと、誇張です。もっとリアルな……写実的な絵もあります」

でも、それだと萌えないんだけどなぁ、と溜息を吐く。

私たちがゲームで萌える要素っていったい何だろう。

絵の綺麗さもあるけれど、やはり声優さんの演技で、目の前にそのキャラクターがいるように錯覚できることだろうか。特に、ダミーヘッドマイクを使われた作品は、本当に耳元で囁かれているようでドキドキする。しかし、もちろんそんな手は使えないわけで……声でも３Ｄでもなく、見る者がその世界に没入するにはどうしたらよいのか……。

「惟規さん、絵って……こういう巻物にするだけですか？　屏風に貼ったりします？」

「ああ、もちろん。ただ、屏風に貼る絵は月次の絵が多いかなあ……」

「月次？」

「年間の行事や風物を描いて、その横に歌を書いて……季節の移り変わりを屏風を見て楽しめるようなものが多いと思いますよ」

「逆に……物語は絵巻の形が多いというのは、どういう理由からなんでしょう？」

「それは、幼い姫に乳母や女房が読み聞かせて男女の仲というのを教えるためでもあるし……あと、大人になってからは、皆で絵巻の周りに集まって、ひとつの場面を元に歌を詠んだり、新たな展開を考えたりする遊びをするためでしょうね」

ひとつの場面を元に歌を詠んだり、新たな展開を考えたりってそれ……。

「二次創作!?　二次創作まで始めちゃってるんですか？」

「に……じ……創作？」

いまひとつ意味が通じていない惟規さんのことは、申し訳ないけれどスルーさせてもらって、いま知った驚愕の事実を反芻する。

二次創作って、せいぜい同人誌即売会が盛んになった昭和の時代辺りからスタートした文化だと思っていた。それが何と……、平安時代に既に始まっていたとは！　さすが世界のオタク文化の先進国、日本。

「……ということは、絵合わせと言っても中宮様に恐怖を忘れていただくことが目的なんだから……絵の質、完成度よりもみんなでワイワイ盛り上がって、萌えながら妄想できるかどうかっていう部分が大事ってことね。その世界に没入してもらうためには、絵巻という形にこだわらなくても、屏風に貼り付けて……うん、そうだわ、屏風でぐるっと中宮様の周りを囲んでしまうの。それで、屏風の向こうから二次創作で台詞……っていうか歌かな？　を、侍女たちが語っていけばいいんじゃない？　疑似3Dになると思うし、臨場感溢れた演出になるはず。前から後ろから横からも声が聞こえてきて、これでダミヘ状態？　男性ボイスが必要なら、帝に頼めばいいのよね？　旦那さんなんだから……。だとしたら、みんなが二次創作しやすい作品と場面のセレクト、うん、やはりこれが一番大事……萌える場面のスチル、これで絶対テンションも上がるもの！　この時代の物語を乙女ゲームにしたら、どの場面のスチルを見てみたいかを考えて抜き出せば……きっと、同じ女性であれば時代を超えて萌えてくれるはず」

啞然とした表情で私を見つめる惟規さんを尻目に、私はアイデアをどんどん紙に書き綴って行った。

絵のアイデアを夢中で考えているうちに、いつの間にかうたた寝をしてしまったようだ。

突っ伏していた文机から、そっと頭を上げて辺りの様子を窺う。

先ほどまで文机の上に置いていた、絵合わせ用のアイデアメモがない。誰が持って行ってしまったのだろう。簀子縁の方から、男性二人の声が聞こえて来た。ぼんやりとした頭で、その会話に意識を向ける。

「これをあの姫君が書いたというのか」

「この字をご覧いただけばおわかりでしょう。香子さんが千年先の世からいらしたことが」

「そのような話、にわかには信じがたい。しかし、このように仮名文字を真名のように、一文字一文字分かち書きしているところを見ると、惟規の言うことを信じざるを得ぬな」

「しかも、この案を実現できるのなら……絵の質は一流の絵師に及ばずとも、中宮様に楽しんでいただけるのではないかと」

どうやら、惟規さんと式部さんが、私の書いたメモを読みながら話し合っているらしい。

「ああ、悪くない」

「兄上もそう思われますか」

「もちろん。存外、使えるではないか」

けして、手放しで褒めてくれているわけではない。でも、以前聞いた冷酷な響きはなく、むしろ笑んでいるのではと感じさせる声だ。部屋から追い出されたときに比べたら、塩対応もかなり減塩されたように思う。自然と笑みが浮かんでしまう顔を誰にも見られたくなくて、私はそのまま寝た振りを決め込むことにした。

至急、誰か教えて欲しい。どの選択肢を選ぶのが正解ですか？

寝た振りをしているうち、また眠ってしまったらしい。

再び目覚めたとき、辺りはすっかり暗くなっていた。

「あれ……惟規さんも……いない？」

目をこすりながら呟いた私のもとに、近江が手燭を持ってそっと忍び寄る。

「文章生様は、お部屋へ戻られました。姫様がお目覚めになったらお部屋にお連れするようにと仰せつかっておりますが、いかがなさいますか？」

「では、伺います」


近江は私を惟規さんの部屋まで連れて行くと、

「では、私はこれで失礼いたします」

と言って、どこかへ行ってしまった。

「惟規さん……、香子です。入ってもいいでしょうか？」

恐る恐る室内に声を掛ける。惟規さんは、

「ああ、香子さん。疲れているところ、わざわざどうもありがとう。さあ、入ってください」

と、自ら御簾の端を上げてくれた。

「昼間の、絵合わせに向けた香子さんの案、兄上と共に見せてもらいましたよ」

惟規さんの前に正座すると、いきなり満面の笑みで迎えられる。

「あ、あんなので……良かったのでしょうか？」

うとうとと寝ぼけながら聞こえた「悪くない」という式部さんの声が思い出される。

「もちろんです。兄上は感情がわかりづらいお方だが、喜んでいらしたよ。それで、あらためて私からもお願いしたいのですが……、やはり、兄上の物語作りを手伝ってくれないでしょうか？　未来の知識、いえ何より香子さんご自身の才が、きっと兄上のお役に立つと思うのです」

「才……ですか？」

元いた世界では、夢女子とからかわれることは多々あったが、その私の妄想を〝才〟だなんて評価してもらったことはない。

物語だって、夢小説ぐらいしか書いたことのない私に、中宮様に献上する大作のお手伝いなんてできるのだろうか。しかも、式部さんには一回ピシャリと断られているというのに。

「香子さんは……、兄がなぜ必死に左大臣の仰せに応えているのか、理由をご存じですか？」

「理由……？　貧乏から抜け出すためかと？」

荒れ果てた庭、ところどころ腐った床板。

ハローワークに通って……否、自宅をハローワークにして就職活動をしている父に、学生の弟。さらに自らは引き籠もりという現状では、権力者に媚びを売るしかないのだと思っていた。

それ以上に、深い意味があるというのだろうか。

「香子さんは、寛和の変をご存じでしょうか？」

「カンナ……？　ごめんなさい、わかりません」

「先の世には、たいした政変とは伝わっていないのですね。実は、我が家は曾祖父の頃には中納言まで上りつめた家で、藤原北家の中でもそこそこの血筋。けしてこのような中の品に甘じるような家ではなかったのです。寛和二年、いまから16年前まで、父は花山院様の側近として、式部大丞という位についていました。このまま、花山院様の治世のもと順調に出世していくと父自身も思っていたことと思います。ところが……」

私はゴクリと生唾を飲む。

「花山院様はある日、突然、出家されてしまいました。騙されたのです」

「騙された？」

「ええ、いまの左大臣のお父上にあたる東三条大臣に謀られたのです。東三条大臣は父の従兄弟にあたります。その頃、花山院様は最愛の女御様が亡くなられたことで、とても心が弱っていらっしゃいました。そこに、東三条大臣はつけ込んだのです。息子である粟田殿が、『退位し出家して、共に女御様の菩提を弔いましょう』と言葉巧みに誘ったのです。この粟田殿というのは、いまの左大臣の兄上です」

「それで、どうなったのですか？」

「花山院様は、奸計に乗って内裏を出奔し出家してしまわれました。共に出家すると言って元慶寺まで付き従っていた粟田殿は、『出家前に一度、父に挨拶をして参ります』と嘘をついて、そのまま逃げてしまったのです」

「……なんて、ひどい」

「そして、そのまま東宮が即位され、いまのお主上の御代となりました。東三条大臣はいまのお主上の外祖父。摂政関白として位人臣を極められました。一方、それまで権勢を振るっていた花山院の側近は朝廷から追いやられ、父も式部大丞の職から退くこととなりました」

まるで小説かドラマのような当時の政変を初めて聞いた私は、驚きを隠せなかった。

戦がないせいか、藤原道長という人はいとも簡単に天下を摑んだ人なのだと思い込んでいたのだ。しかし、関ヶ原のような合戦がなかったというだけで、道長の父である東三条大臣という人は騙し討ちで政権奪取を行ったということなのだろう。

「私たち一家は、左大臣家のような権力を握りたいと望んでいるわけではありません。ただ……、兄はいまのような困窮した生活や身分に甘んじるだけではなく、いつか家を再興したい、と。堤中納言と呼ばれ文人としても才溢れた曾祖父のようになりたいと、思っているのではないかと私は信じています。そのために香子さんの持つ才は、きっと兄の力になると思うのです」

「でも……」

私なんかでいいのだろうか。本当に力になんてなれるのだろうか。

そのためらいを惟規さんは誤解したらしい。

「そうですよね……。香子さんは、この時代の方ではない。上手くいけば、今度の月蝕、十五日には元の世界に帰ってしまうかもしれないのに……無理を申しました」

そう言いながら、惟規さんはうなだれた。


惟規さんの部屋を後にした私は、様々な選択肢の中で思い悩んでいた。

物語作りを手伝う、手伝わない。

これだけなら、まだシンプルな選択肢だ。

しかし、物語作りを手伝うことを選択した後、私はどこまで、いつまで手伝うことができるのだろうか。

ならば、手伝わない、そして元の世界に帰れるなら帰るという選択肢を選んでしまえばいい。

頭ではそうわかっているのに、このお世話になっている家の内情や、それぞれの思いを知るにつけ、単純に「元の世界に早く帰りたい」とは言えなくなってきているのだ。

ああ、これがゲームの中だったなら、と私は歯がみする。

ゲームだったら、この時代に残る残留エンドを楽しんだ後に、セーブしてから元の世界に帰るというエンドを選べばいいだけだ。

しかし、これは現実。

常にひとつの選択肢しか選べないし、選んでしまったらセーブポイントまで後戻り(あともど)もできないのだ。

タイムスリップ初日、ただ元の世界に帰ることだけを願っていたときの方がまだ幸せだった。

この時代の人たちと交流を重ねるうちに、簡単に選べるはずだった「帰る」という選択肢を選んでよいのか迷うようになってしまった。

私が初めて同性の友人のように交流することができた異性の惟規さん。そんな私を初めて口説いた国時さん。

そして、式部さんの「悪くない」「存外、使えるではないか」という台詞(せりふ)が、頭の中で何度も何度もこだましていた。

第12話 勝者は真に善なる者か？ 敗者を救うたったひとつの冴えたやり方in『伊勢物語』

惟規さんから、この家の内情を聞かされた翌日。

私は、荒れ果てた庭を眺めながら、昨日の話をずっと反芻していた。

惟規さんの言うように、式部さんの物語作りを手伝うべきなのか。しかし、私ごときにそんな大役が務まるのだろうか。

「姫君、琴でも弾いて無聊をお慰めになってはいかがです？」

そんなことを考えていた私の背後から、急に声が掛かる。

若い方の侍女、讃岐だ。

「こ、琴……？」

これも和歌や絵と合わせて、貴族に求められる教養のひとつなのだろう。タイムスリップした夜、笛や琴の音が聞こえて来たのを思い出した。あの夜は、兄弟の父君が宴を開いていたという。

「ただお庭を眺めていらっしゃるよりも気が紛れるのではないですか？」

そう言いながら、讃岐はクスリと笑う。

年かさの侍女、近江は私をいつもフォローしてくれるが、この讃岐の方は私に対して当たりが強い。昨日の朝、漏れ聞こえた話から推測するに、私にキツく当たるのも仕方ないことだろうとは思う。私が穀潰しでい続ける限り讃岐が解雇される可能性も出てくるようだから。

しかし、困ったことに当然ながら私は琴を弾けない。

「あ、でも……私、日常のこともすべて忘れてしまって、琴の弾き方も……」

「あらあ、でしたら実際に触れてみてはいかがです？　手すさびに触っていらっしゃるうちに、思い出すなんてこともあるかもしれませんわよ」

と、にっこりと微笑む讃岐。

言葉自体は私のことを気遣ってくれているようだが、その真意はどこにあるのか。

記憶を失い、貴族なら知っている常識すら忘れてしまった姫君。しかし、それは嘘偽りで姫君の振りをして邸に入り込んでいる平民だったりしたら、この邸から追い出すことができる。そして、自分が解雇される心配もなくなる……だなんて考えて、こんなトラップを仕掛けてきているのではないか。そこまで考えるのは疑いすぎだろうか。

「さあ、こちらをどうぞ」

目の前に置かれた琴は予想よりも大きく、現代の男性の身長ほどあるだろう。そこに、6本の弦が張られている。

もちろん、目の前にしたところで弾き方など皆目見当がつかないのだが、こんなとき助け船を出してくれそうな近江は近くに見当たらない。邸内は人手不足と言っていたから、何か別の仕事をしているのだろう。

「……でも、私、本当に……もともと琴は苦手でしたし……」

「まあ、いったい姫様は何がお得意なのかしら。一の姫様でしたら、琴も琵琶もそれは楽師顔負けの腕前でいらしたのに」

そう言いながら、私にヘラのようなものを手渡す。

「どうぞ、琴軋です」

えっ⁉

私が現代で見たことのある琴は、右手の指の何本かに爪のようなものを付けて、左手で弦を押さえながら演奏するものである。もちろん、生で見たことはない。テレビやネットで見たことがあるだけだから、現代にもこのヘラのようなものを使って弾く琴が存在しているのかもしれないが。

「さあ、どうぞ姫様」

微笑む讃岐を前に、後には引けなくなった。

三味線のバチのようなものだから、これでかき鳴らせばいいのだろうか。

ええい、ままよ！

手渡されたヘラのようなもので、何本かの弦を一緒に弾く。

ジャラン。

耳障りな不協和音が響いた。

「や、やはり……思い出せないようで……」

「もう少し、弾いてごらんになってはいかがです？　弾いていらっしゃるうちに勘を取り戻されるやもしれませんし」

讃岐の言葉は慇懃無礼。言葉とは裏腹にまるで舌をべーっと出しそうな笑みを浮かべている。

このまま引き下がると、さらに偽物姫という疑いが強まるばかりではないか。そう思い、今度は左手で弦を押さえながら、もう一度、弦にヘラを当てた。しかし、濁った不快な音しか出ない。

「左手で弦を押さえるだなんて、姫様は琴の方がお得意なのかしら」

ああ、これはどうやら別の楽器の弾き方だったようだ。

もう少しで「私には無理です」という言葉を口にしかかったとき。遠くから笛の音が聞こえて来た。そして、その笛の音は足音と共に少しずつこの部屋へと近付いて来る。

この時間、惟規さんは大学寮に行っているはず。二日続けて、犬の死骸に出会うこともないだろう。ということは、この近付いて来る笛の音の主は……。

「これは……、まあ一の……」

隣にいた讃岐が、途中まで言いかけて口をつぐむ。おそらく、「一の君」と言いかけたのを呑み込んだのだろう。この邸には、男性の式部さんは存在しないことになっているのだから。

讃岐は、先ほどとはまったく違う、心の底から嬉しそうな笑みを浮かべる。

「そのような雑音、聞き苦しい。もう止めよ」

私の部屋の御簾の前まで来た式部さんは、一言そう告げるとそのまま簀子縁に座って、笛を吹き続けた。

「相変わらず見事な笛の音……」

うっとりと聞き惚れる讃岐は、琴のことなどすっかり忘れてしまったようだ。

おそらく一曲分ほどだろうか、切りのよいところまで吹き終えた式部さんは立ち上がる。

「その姫は物の怪に取り憑かれたか、すべての記憶を失っていると聞く。無理に思い出させようとするのは、逆に障りとなるのではないか」

そう言って立ち去って行った。

隣には、簀子縁に向かって平伏している讃岐。

これは……、もしかしなくても私のことを助けてくれたのだろうか？


式部さんにお礼を言いたい。もしかしたら、この前のように冷たくあしらわれてしまうかもしれないけれど、それでもお礼の言葉を自分で伝えたい。

そんな気持ちを抑えきれずに部屋を飛び出した私は、式部さんの部屋へと急いだ。

とはいえ、邸は荒れ果ててはいても広く、私は重い装束を身に着けているので、本人は急いでいるつもりでも、端から見たら亀のような歩みにしか見えないことだろう。

この邸は、いくつかの棟が渡り廊下で繋がってひとつの邸を成す構造になっている。そして、その各棟に親兄弟が分かれて住んでいるのだ。ちなみに、西の対と呼ばれる棟に式部さん、その反対側に伸びる東の対と呼ばれる棟に惟規さん、中央の寝殿と呼ばれる建棟に主人であるお父君が住んでいるらしい。私は、寝殿の北側にある北の対という棟に居候させてもらっていた。

式部さんの部屋の前にたどり着いたときには、額にうっすらと汗が浮かび、息が思い切り上がっていた。

私は、呼吸を整えてから、勇気を出して、

「さ、先ほどは……どうも……ありがとうございました」

と、声をかけた。

「何のことだ？　俺はただ不快な音が耳障りで、絵を描くことに集中できなかっただけだ。礼を言われるようなことはしていない」

と、案の定、涼やかというか冷ややかな声が御簾の内から返って来る。

「でも……私は助かりました」

「俺もおまえのおかげで助かっている」

「……？」

「中宮様に献上する絵のことだ。見るか？」

思わぬ式部さんの提案に、

「……え、え……？」

と戸惑っていると、内側から無言で御簾の端が上げられた。前に間違って飛び込んでしまったときと変わらず、破れ目のある御簾だ。

「失礼します」

おずおずと部屋の中へと入って行く。

部屋の隅の文机には、いま製作途中だと思われる絵が広げてあった。

身分の高そうな女性が男に背負われ、草原をどこかへ向かって行く絵だ。

「これは……」

「未来から来たと言ったな。なら、知らぬかもしれぬが、『伊勢』の中の有名な場面だ。思い合った二人だが、親族の反対に遭い、男は女性を攫って逃げている」

「素敵です！」

駆け落ち！

思い合った二人の間に次々と訪れる試練。そして、それを超えて結ばれる二人。これなら、絵合わせでもきっと妄想が膨らみ萌えられることだろう。

「二人が結ばれるのなら、素敵なのだがな」

式部さんは、はあっと溜息を吐く。

「この男は、在原業平ではないかと言われている。平城天皇の孫に当たるが、帝となることもできず、臣下としても不遇をかこち、その身を憂い東下りをする」

式部さんは、描きかけの絵の中の女性の顔をトンと、人差し指で叩きながら、

「この女性は、二条の后と呼ばれる、後に清和天皇の后となり、陽成天皇を生み、国母となられた女性だ」

と説明を加えた。

「物語では鬼に喰われてしまったと描かれているが、この女性の兄たちが後宮に入内するはずの妹を取り返したというのが真実だ」

「あの……本当に誘拐されて怖くて泣いていたなら……、助け出してくれたお兄さんたちは、鬼ではなく仏ですよね？　それを鬼と言っているということは……、その女性も業平と逃げたかった……ということですか？」

「もちろん、そこまではっきりと書かれてはいない。しかし、愛している男との仲を裂き、自分たち一族が外戚となって権勢を振るうという栄達のために妹を救い出した兄たちは、〝鬼〟と描かれても仕方がないだろう」

真実を暴露しているようでいて、その実、勝者が正義とは思えないレトリックを一部にだけ使う。『伊勢物語』を作った誰かが、勝者は善なる者とは限らないということに気付いて、こ

のようなメッセージをこっそり潜ませていたとは。う〜む、古典文学侮り難し。

「これ……逃げる前の二人は……付き合っていたんですか？」

「つきあう？」

「ええと……交流はあったのでしょうか？」

「ああ、もともとは業平が通っていた。しかし、家族の反対にあって別の邸に移されてしまったのだ。それでも、築地塀の崩れからこっそり忍んで通っていたのだが、兄たちがそこに関守を置いて入れないようにしたらしい」

「忍んで……通う！　ああ、なんて素敵なシチュエーション……ここも、スチル決定だわ、閉じ込められた姫君、そしてそこにこっそりと通うイケメン！」

「……しちゅ……？　すちる……？」

「あ、ええと、その忍んでいく場面も先ほどの逃げているところのように、絵にしたら喜ばれるのではないか、と」

「なるほど」

あと、乙女ゲームで欲しいシチュエーションといえば、やはり逆ハーレム。

女性一人が男性にモテまくる作品ってこの時代にあっただろうか。

「あ、かぐや姫！」

「『竹取』がどうした？」

「……忘れてた、これぞ元祖逆ハー。何人もの貴族に言い寄られ、帝にまで言い寄られたのに、全員振って月に帰ってしまうなんて。これ、乙女ゲーだったら一周目のノーマルエンドよね」

私は、絵巻物の持つ意味を思い出していた。惟規さん曰く、絵巻は二次創作のネタでもある、と。ということは、『竹取物語』の恋愛エンドだって作れるではないか。

「あの……『竹取物語』の、貴族や帝がかぐや姫に求婚する場面、女性にとっては永遠の憧れだと思うんです」

「しかし、かぐや姫は帝すら袖にして月に帰ってしまったではないか」

「それは……宇宙人だから？　まあ、ちょっと変わり者だったんだと思います。普通の女性なら……この中の誰にしようかな、とワクワクしながら男性を選ぶと思うんです」

「確かに。それが普通の結婚というものだ。選ばぬという結末は現実にはないだろう」

「この時代の女性たちは、絵巻物を見ながら、二次創作……ええと、自分たちの想像で新しく物語を作ったり、歌を詠んだりすると聞きました。だから、かぐや姫がたくさんの男性から求婚されているスチル……絵があれば、そこから『私だったら、帝がいいわ』『いえ、私だったらこちらの男性の方が』なんて、各自の好みによって新しい物語も作れるかと……」

「俺には女人の気持ちはわからぬが……場が盛り上がりそうだな」

ノーマルエンドを迎えた後の個別ルート。誰を攻略するかは好みで選んでもらい、そこからは〝自分〟と選んだ男性キャラとのハッピーエンドのストーリーを紡いでもらえばいい。

同じように、『伊勢物語』の悲恋の二人にも「鬼に食べられずハッピーエンドを迎えるＩＦルート」を用意してあげることもできるのだ。

「……紙と筆を……貸してもらえますか？」

私は式部さんの絵を見ながら、業平だという男性が二条の后という女性をしっかりと抱きしめているスチルを描いてみた。画風も違うし、アナログだし、お世辞にも上手く描けたとは言えない。でも、女性が嬉しそうに満足そうに、にっこりと微笑んでいる表情だけはわかるようにしっかりと描いたつもりだ。

ここに台詞を付けるなら、

「もう二度とおまえの手を放さない。一生、俺の隣にいてくれるだろうか、姫」

なんてところだろうか。

そんなことを考えながらにんまりと笑う私を見て、

「絵も描けるのか。なかなかのものではないか」

と、式部さんが驚きの声をあげる。

「しかし、それは何の物語のどんな場面だ？」

「先ほどの……『伊勢物語』です。絵の中だけでも、二人に幸せになってもらいたくて……」

「なるほど、初めからそういった絵も用意しておくといいのかもしれぬな。先ほどの『竹取物語』も同じように描けるか？」

「……はい、かぐや姫が月に帰らなくて……、そして言い寄ってきた貴公子が間抜けばかりではなく、実はそれぞれいいところも持っていた……なんて想像して描いてみます」

「任せた」

私は式部さんの隣で筆を走らせた。

できれば、どんな物語でもバッドエンドは描きたくない。かぐや姫は月の衣を着て、すべての記憶を忘れることで、本当に幸せになれたのだろうか。地上で一人の女として、幸せを摑むこともできたのではないだろうか。そんなIFを考え、絵として仕上げていく。

描きながら私はまた別のアイデアを練っていた。いま描いているのは、誰にでもわかりやすくするために準備しておく種明かし的なIFルートのスチル。しかし、式部さんのように物語のレトリックに巧妙に隠された真実の歴史を読み解ける聡明な人が存在するということは。

いま権力を握っている者が善とは限らないことをこっそりと物語に潜ませ、式部さんたちのように不遇な立場に置かれている人たちの溜飲を下げるような物語だって作れるのではないだろうか。これは絵合わせだけではなく、物語にも活用できるアイデアだ。

昨日は、惟規さんに言われてどうしたものか決めかねていた。

この家の人たちに恩返しをしたいという気持ちも強くなっているのは確かだが、自分自身にその力量があるかどうか不安もあった。しかし、絵合わせのアイデアを式部さんに受け入れてもらえたことが、いま、私の気持ちに大きな変化を与えていた。

この絵が描き上がったら、式部さんは物語作りに取りかかることだろう。

そして、それを読むのは中宮様という偉い人だ。どうせ偉い人に提出する物語なら、みんなの望んでいた未来やいま抱えている不満をこっそりフィクションとして盛り込めばいいのではないか。現代で私たちが小説を書いたり、マンガを描いたりする原動力だって、「現実には到底できないけれどやってみたいこと」をフィクションの中で実現させることではないだろうか。

そして、式部さんたちの思いが、この時代の人たちに少しでも伝えられたらいい。そんな物語を作るお手伝いなら私にもできるはずだ。

一度、戦力外通告されたのに再び手伝わせてください、と言うのは勇気がいる。

でも私は、昨日の惟規さんの話を聞いて、理不尽な目に遭っているこの家の人たちに、せめて物語の中だけでもハッピーエンドを迎えて欲しいと思い始めている。いや、できれば現実だって、バッドエンドは回避したいのだ。

「あの……さ、差し出がましいことを言います。物語作りのことなんですが……いいですか？」

「よい、申してみよ」

居丈高な言い方は変わっていないが、前回のようなすべてを拒否して突っぱねるような壁は感じられない。勇気を出して私は続きを説明する。

「私は……、『伊勢物語』の逆の物語が作れたらいいな……と思うんです。たとえば……、一度は身分を失った主人公が……、元の地位に返り咲いて、栄華を極める……みたいな」

「ふ〜む、なるほど。先ほどの絵の案といい、なかなか思い浮かばぬ発想だな」

式部さんは、絵を描く手を止め、私の話を覚え書きのように書き留めているようだ。

「しかし、俺が提出する物語は、政権を奪取した側の大臣の娘御が読むものだ。そのような物語を読んで、中宮様はご不快に思われないだろうか」

「その辺は、まあ……フィクション……たとえば、いまから五十年とか百年前に時代設定をして、異世界小説か時代小説みたいにしちゃう……つまり、明らかな創作物だとわかるように細工してしまう、なんてどうでしょうか？」

「しかし、自分たちを揶揄したものだと思って不快になられないだろうか。絵合わせの場で語られるだけならともかく、物語は文字として残ってしまうものだし、大臣が目にされることもあるだろう」

式部さんは筆を止めて、眉間に皺を寄せながら、う〜んと考え込んでいる。

「あの……この前、陰陽師の国……、安倍天文生さんから祟りの仕組みについて聞いたんです。祟りは実際に起きている場合もあるけれど、単に疑心暗鬼に陥っている場合も多いと……。だったら、物語の中だけでも……、業平のような人物が最後は幸せになっている様が描かれているのを見たら……、権力を奪った側も罪悪感が少しは軽くなるのではないかな、と……」

「御霊神社の役目を物語に担わすということか」

「御霊神社?」

「政変に巻き込まれて亡くなられた無実の方たちを祀った神社のことだ。祟られないように、彼らを追い落とした側が祀る。だから、そこに神として祀られている時点で、その人物は悪いことなど何ひとつしていなかったということになるな。有名なものだと、菅原道真公を祀った太宰府天満宮がそのひとつだ。都にもある。北野天満宮は、先の世にもまだあるか?」

「はい。……学問の神様として有名ですから……学生は大抵お参りします。私も、……大学に受かりますようにって、みんなでお参りしました」

現代では当たり前のように行われている天満宮への受験祈願。それを話した途端、式部さんの顔が実話怪談を無理やり聞かされた人のように歪んだ。

「なんと恐れ多いことを。生前に無実の罪を被せて太宰府に追いやってしまったからこそ、申し訳ない、祟りを鎮めてくださいと神に格上げしたのであって、皆の願い事を叶えるために神になっていただいたのではない」

ああ、今回も失敗してしまっただろうか……。私の案は却下だろうか、と思ったそのとき。

「しかし、物語を御霊神社として機能させるという案は面白い。物語作り、おまえがやれるというならやってみればいい」

まだ冷ややかな眼差しは変わらない。しかし、この前とは違って、私の提案をなんとか受け入れてくれたようだ。

さらに怒られるかと思い身をすくめていた私は、受け入れられて小躍りしたくなるような喜びを感じた。もちろん、小躍りできるような重さの装束ではないので、私はそのまま黙って座っていたのだけれど。

敗者復活の物語を、いま権勢を握っている人たちが読んだら、物語の中だけでも幸せになれてよかったね、と罪悪感を濯ぐ役目を担うだろうし、業平みたいな立場の人が読んだら、自分にはできなかった野望を実現してくれた主人公として感情移入できるはずだ。

現代でも歴史ＩＦの物語はゲームや小説として存在している。本能寺の変を回避して織田信長に天下を取らせたり、関ヶ原の合戦で西軍を勝利させて石田三成を生存させ豊臣幕府を開いてみたりというＩＦルート展開。そんなハッピーエンドを疑似体験することは、敗者側のファンにとって、大きなカタルシスをもたらす。

業平みたいな立場の主人公とは、式部さんやそのお父君のことに他ならない。物語の中で、式部さんには自分のやりたくてもやれなかったことを疑似体験してもらいたい。「式部の野望」を物語にして欲しいのだ。あえて私はそれを口にしなかったけれど、頭の良い式部さんだから私の意図はおそらく丸わかりだったのだろう。

ただ静かに、

「ありがとう」

とだけ言った。それは素っ気ないけれど、いままで聞いたことのない温かみのある声だった。

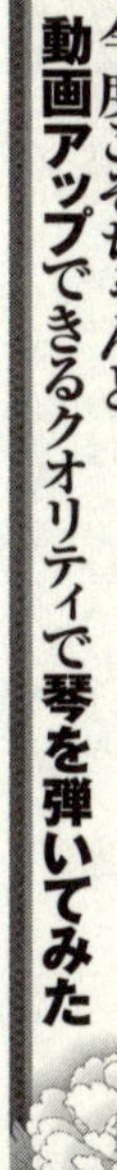

第13話　今度こそちゃんと、動画アップできるクオリティで琴を弾いてみた

夕方まで式部さんと一緒(いっしょ)に絵を描き続けた私は、惟規さんが帰宅したと聞いて今度は惟規さんの部屋へ向かった。楽器について教えを請(こ)いたいというのももちろんだが、惟規さんからも頼(たの)まれていた物語作りを手伝う決心がついたことを報告したいというのが一番の理由だった。

「私なんかでいいのかなって……いまでも思うんですけれど。でも、昼間……式部さんと協力しながらいろいろなアイデア……案を出せたことが、自分でも嬉(うれ)しくて。もし私で力になれるなら、微力(びりょく)ながらお手伝いさせていただこうかな、と……」

「それは、頼もしい。兄上もきっとお喜びでしょう。頼みましたよ」

惟規さんはそう言って、微笑(ほほえ)んでくれた。

「それと、楽を教えて欲しいというのは？」

私は昼間、琴が弾けずにやらかしてしまったことを恥(は)ずかしながら惟規さんに報告する。

「香子さんに辛(つら)い思いをさせてしまって大変申し訳ない。讃岐は根は悪い女(むすめ)ではないのだけれど、女童(めのわらわ)の頃から姉上に仕えていたためか、いまだに姉上のことを信奉(しんぽう)しているんだ。弟の私が言うのも自慢(じまん)みたいで何だけれど、姉は楽も歌も、宮仕えするのに何の不足もないほど才のある方だったから。私から讃岐にちょっと注意しておきましょう」

「いえ……それは、怒らないであげてください……。私が、勉強すればいいだけですから」

讃岐が、自分が解雇されてしまうかもしれないと不安を覚えていたことを思い出して、私は惟規さんを止める。それよりも、私が穀潰しでなくなればいいだけの話なのだから。

「香子さんが、歌に絵に物語、さらに楽まで……一生懸命この時代のことを勉強されようとするのは、本当に頭が下がるというか、尊敬してしまいます。今日のところは一緒に琴を弾いてみましょうか？　それと、私がいない昼にまた今日のようなことが起きないとも限らないので、近江にだけは事情を話し、香子さんの味方になってくれるようにしておこうと思うのだけれど」

私は、近江と呼ばれていた年かさの侍女の顔を思い浮かべる。彼女は、これまでも何かというと私を庇ってくれていた。近江なら、と私は頷く。

「では、私から言っておきましょう。そうすれば、昼の間にも楽の練習ができるでしょうしね。それと、近江は我が家で一番の古参の女房で口が堅い。香子さんが兄上の物語作りを手伝うことになったのであれば、兄の秘密も知っていることを伝えておきましょう」

と言って、惟規さんはにっこりと笑った。

「さて、香子さんが昼間弾かれたのはどの琴でしょうか？」

惟規さんは、言いながらいくつかの琴を私の前に並べる。

「琴……と言ってもいろいろな種類があるんですね」

大きさも様々で、張ってある弦の数も違う。

「確か大きさはこれぐらい……で、弦の数は少なかったのでこちらだと思います」

昼間出された琴と同じぐらいの大きさの琴がふたつあったが、ひとつは10本以上の弦が張ってあったので、一目で違うものとわかった。

「大和琴ですね。古くから我が国に伝わる琴です。香子さんの時代には？」

「琴はあるんですけど、弾き方が全然違って……。バチみたいなものを渡されたんですけど、私の時代では爪みたいなものを付けて弾いています。……あ、見たことしかないですけど」

「香子さんの時代の琴は、これに近いのでしょうか？　箏の琴という楽器で、唐の国から伝来したものです。弦の数は13弦。爪を使って演奏します」

「あ、そうです、こういうお琴なら見たことがあります。この小さい琴は……？」

ひとつだけ、両手を広げた幅ぐらいの小ぶりの琴がある。弦の数を数えると7本だ。

「これは、琴の琴です。奏法が非常に難しいため、いまの時代は演奏する者が少なくなってしまいました。今日はまず一番基本的な大和琴を一緒に弾いてみましょうか」

私は頷く。

「少し端近に寄りましょうか。この大和琴は、どんな楽器にも合わせやすく、いろいろな奏法がある柔軟な楽器です。いまの季節は、虫の声との合奏も風流でいいと思います」

言いながら、惟規さんは大和琴を御簾近くギリギリまで移動させた。二人並んで簀子縁近くまで行くと、確かに庭のあちこちから秋の虫の合唱が聞こえて来る。都会では聞き慣れない虫の声も混じっているようだ。

惟規さんは、琴軋を手に持ち、軽く弦に当てた。

昼の私の音とは違って、濁りのない綺麗な和音が虫の声に重なる。さらに、惟規さんは左手を使って、指先で弦を弾くように単音を重ねていく。

「香子さんも弾いてみますか？」

琴軋を受け取ったものの、昼間の失敗が思い出されて、自然と肩に力が入ってしまう。

ジャン。

惟規さんの出した柔らかな音とは違って、硬い不協和音が耳障りだった。一瞬、虫たちの声も止んでしまったかのような気がして思わず俯く。

「香子さん、もう少し肩や指の力を抜いてみてください。大和琴は先ほども言ったように柔軟な楽器。この奏法が正しいというものはありませんよ。ただ、虫の声に合わせて何も考えずにかき鳴らしてみてください」

「……はい」

惟規さんの優しい声は、不思議と私から緊張を取り去ってくれる。以前の私だったら、男性にこんな近くで話しかけられたりしたら、逆に緊張して何もできなくなってしまっていたのに。

深呼吸して、何も考えずに、琴軋を弦に当てた。

シャラン。

惟規さんの音ほど上手くはいかなかったけれど、初めて不快ではない音が私の指先から紡ぎ出せた。

「やった！」

思わず小さな声をあげてしまう。

「その調子で、続けてみてください」

「はい」

私は、弦の上で琴軋を行ったり来たりさせた。虫たちも今度は心地よさげに合唱を続けている。すぐ隣で惟規さんが、左手だけで弦を弾く。ピアノで言うなら、連弾といったところだろうか。

初心者の私がただ気ままに出す和音を活かすように、惟規さんはメロディーを乗せてくれた。伴奏は私、主旋律は惟規さん、コーラスは虫たちの声だ。

ひとつの琴を二人で演奏するため、私の左半身は惟規さんとピッタリくっついてしまっている。それなのに、ドキドキすることもなく、私はゆったりとこの合奏を楽しんでいた。

こんなふうに男性と過ごすことができるなんて……。この時代に来る前の私だったら考えられない、大進歩だな、なんて考えていた。

第14話 物語を作ってみたら、どこかで聞いたようなストーリーになってしまったんだが

七月六日の朝。

どこかから、おばあちゃんの扇子のような、修学旅行の自由時間のお土産を探しに入ったお店に置いてある匂い袋のような匂いが漂ってくる。あれ、これってなんの匂いだろう？

そう思って身を起こすと、近江が、私の着物を広げて笊のような物の上に被せている。笊ならば底に当たる部分を上にしていて、その中にはお香立てのような物が見える。

匂いの元は、どうもその辺りのようだ。

「それは……何をしているのですか？」

目をこすりながら、私は尋ねる。

「おはようございます。お目覚めになりましたか、姫様。これは、姫様のお召し物に香を薫きしめているところでございます。今朝、文章生様から姫様についてのご事情を詳しく伺いました。これから、文章生様がいらっしゃらないときは、この近江が責任を持って姫様のお力になりますので。何でも聞いてくださいませ」

そういえば、惟規さんは昨夜、近江には事情を説明すると言っていた。大学寮へ出かける前に、既に近江に話をしてくれたらしい。本当になんて誠実な人なのだろう。

「それで、その香はなぜ……あの、私、臭いますか？」

自分の腕を鼻に引き寄せ、ヒクヒクとその臭いを嗅いだ。こちらに来てから六日目。そういえば、まだ一度もお風呂には入っていない。他の人たちも、毎日お風呂に入っている様子はなかったので、居候の分際で言い出せなかったのだ。

「いえいえ、そんなことはございませんよ。ただ、香を衣に薫きしめるのは姫君なら当然のたしなみですから私が勝手にしたことで。実は、先ほど一の君様からのご伝言がございまして。姫様と一日、都を巡りながら物語を作る知恵を貸して欲しいとの仰せ。それで、このように衣装の用意をさせていただいておりました」

「え……!?」

確かに物語作りの手伝いをするとは言った。しかし、昨日は一緒に出かけるなどという話はまったく出なかったはずだが。

考えているうちに、頬が火照ってくるのを感じる。

男性と二人で会話することすらままならない人生を送ってきた私にとって、男性と二人っきりで出かけるなんて人生初の一大事である。現代だったら、そんなシチュエーションに着る服なんてないよ、制服でいいか！　と、大変な事態になってしまうところだったけれど、有り難いことに私にはこの女房装束一式が用意されていたのだった。

しかも、香を薫いてくれていたなんて……。感謝してもしきれない。

そして、いつものように唐衣と裳まですべて着付けてもらって、朝食を済ませた頃。御簾の外から、

「準備はできたか」

と、呼びかける声が聞こえて来た。

「はい、ただいま」

と、御簾の向こうを透かして見ると、簀子縁には式部さんが座っている。

「……あれ、そう言えば……男性の格好でお出かけになって大丈夫なのですか？　そのお姿で邸の外に出たら、秘密が……」

「おまえが俺のふり、前越前守の一の姫として出かければ、俺はその姫に通うどこぞの男か、姫を守る警護の男のなりで出かけられると思ったのだが。女性の格好の方がよかったか？」

「いえ……、えっと……そんなことは」

「いつぞやは邸から出さぬと脅すようなことを言ってすまなかった。おまえの家族は、この都、この時代にはおらぬのだな。そんなおまえと一緒であれば、秘密が公になることもないだろう」

もしかして、襖ドンで脅されたときのことを気にして、邸の外に連れ出してくれようとしているのだろうか。

「……ありがとうございます」

「勘違いするな。物語作りを手伝ってもらうに当たって、都を観たことがないのでは話にならぬと思っただけだ。それに、昨日描き上げた絵が中宮様にご好評だったようでな。俺にはわからぬが、『想像する余地のある場面ばかり選んでくれて感謝する』とかなんとか礼をもらった。そういった感性は俺にはないものだから感謝している。これからもよろしく頼む」

言葉自体はぶっきらぼうだが、それこそ襖ドンのときに感じた冷たさはない。ある程度、私も力になれているとうぬぼれてもいいのだろうか。

そして、中宮様の反応。時代が変わっても、やはり乙女心は変わらないといったところか。なら、私の感性のまま手伝っていけば、中宮様に喜んでもらえる可能性が高いということだ。

「……頑張ります」

私は、御簾の向こうの式部さんに応えた。

式部さんと私は、一緒に牛車という乗り物に乗って、京の都の散策に出ることになった。

私は東京に住んでいるから、頻繁に牛を見る機会はなかった。しかし、現代でも、観光牧場を訪れたときに、そこにいる乳牛を近くで見たことぐらいならある。そして、馬とは違って、どの牛も動きが緩慢な印象があった。それは時代を遡っても変わらないようで、牛の歩みは遅く、なぜそもそも牛という生き物に車を引かせようだなんて思いついたのだろうかと疑問を抱くほどの遅さだった。

　しかし、その牛の歩みの遅さよりも、私にとって目下の問題と言えば、車内の狭さである。現代の乗用車のようにシートが用意されているわけではなく、牛が引く車の部分はただの箱。後ろ側に御簾がかかっているだけでその内側に仕切りはない。

　惟規さんに車に乗せてもらったときは、私もパニック状態だったためだろう。そんなところまで気が回らなかったのだけれど。いまは、意識がはっきりしているからこそ気になってしまう。シートがない分、おのずと乗った者同士の距離が近くなるのだ。

　この車の中に漂っている良い匂いは、私の香なのか、それとも式部さんの香なのか。混ざり合って、それすらもわからなくなってくる。そして、この顔の近さ。私は貴族なんかではないとばれているにもかかわらず、深窓の姫君のように扇を開いて俯くしかなかった。

「先ほどからずっと俯いているようだが、せっかくの都の様子、観ておかなくてよいのか？」

　男性と密室でこんなにも近くに顔を突き合わせた経験などまったくない私にとって、景色を眺める余裕など正直言ってなかった。しかし、せっかくの式部さんの好意。無駄にしては失礼だと、なんとか首をもたげ牛車の横に付けられた小さな窓から都の様子を眺めようと努力する。

　現代とこの時代の京都の一番の違いは、高い建物が寺の塔ぐらいしか見当たらないことだろうか。そして、当然アスファルトのない時代、道は舗装などされておらず、牛車や馬が通ると地面には土埃が舞う。

しかし、この辺りは貴族の邸が多いせいだろうか、大きな邸の塀が長く続くばかりで、特に眺めていて面白いものではなかった。

それよりも、やはり式部さんと密着していることの方が気になってしまうのだ。先ほどから心臓がバクバク言っている。昨夜、惟規さんと並んで琴を弾いたときはこんなことなかったのに……。私はまだ式部さんのことを怖いと思っているのだろうか。それとも……。

それ以上深く考えるのが怖くて、話を逸らす。

「式部さん、髪……初めて会った夜は、床までつくほど長かったですよね。あれはどうしていたのですか？」

「女性の格好をしなければならぬときは、髢をつけて長さを補っている」

「かもじ……？」

「毛を付け足すのだ」

どうやら、エクステのようなものが既にこの時代にもあるらしい。それなら、私も早々に鬘を取っておくべきだった。さすがに髪を洗わずに六日、しかもずっと鬘をつけっぱなしというのは蒸れてしまい頭が痒くて困っていたのだ。

「おまえの髪はどうなっているのだ？　千年経っても、女性の髪型は変わらぬものなのか？」

式部さんは、私の髪をよく見ようとしてか、顔をぐいっと近づけて来る。

「鬘です……」

言いながら、身体を無理やり引き離すように退くと、式部さんの手が私の腕を掴んだ。そして、そのまま自分の方に、私の身体をぐいと力任せに引き寄せる。

「……な！　何を!?」

勢い余って、私は式部さんの胸の中に転がり込んでしまった。

「きゃっ！　ごめ……ごめんなさいっ！」

式部さんの胸に抱きしめられた格好になってしまっていた自分の身を急いで引きはがした。

式部さんの顔をそっと見上げると、

「そのように端に寄ると、車の後ろから転がり落ちてしまうぞ。気をつけよ」

と、涼しい顔で私を注意する。

どうやら、車から落ちそうになった私を助けてくれただけのようだが……心臓が止まりそうだった。

「外の景色を眺めながらで構わない、そろそろ物語作りについて俺に力を貸して欲しい。未来にはどのような物語があるのか、教えてくれるか？」

式部さんは何も気にした様子はなく、当たり前のように質問を投げかけてくる。

そう、今日は遊びに出かけているわけではないのだ。私もこの家の人たちのために力になりたいと考えたのだから、ここは男性が怖い、ドキドキするだなんだと言っていないで、きちんとやるべきことを果たさなければならない。

「俺には女性が好む物語というのがよくわからない。しかし、おまえはその点をよく心得ているようだ。昨日の絵と同じように、中宮様のような年代の女性が喜ばれる物語について教えて欲しい。未来に、そのような物語はあるか？」

　心を落ち着けるため、深呼吸をひとつして、私は語り始める。

「確か、中宮様は御年15歳ぐらいでいらっしゃるとか……未来で、そのぐらいの年齢の女性が好んで読むものに、少女マンガというものがあります。その王道的な展開はまず鉄板でツボ……間違いなく喜ばれるでしょうね」

「王道的な展開とは？」

　式部さんは、紙を広げてメモを取り始めた。

「そうですね……。主人公は、特にかわいくもなく、頭がいいわけでもなく、つまりはたいしたことがないのに、学校一人気のある男子になぜかモテるんです」

「学校というのは、大学寮みたいなところと考えてよいのか？」

　と式部さんに問われ、惟規さんの姿を思い浮かべた。

　私は惟規さんのことは嫌いではないし、むしろ好感を持っていると思うが、もしこれが乙女ゲームの世界だったら、一般的には一周目に攻略するキャラじゃない、と思う。王道の男性キャラとは、乙女ゲームなら一周目で攻略したいと思う人が一番多いであろう、パッケージの中心に一番大きく描かれたキャラであるはずだ。となると、この時代の大学寮はない、と思う。

「う〜ん……、この時代の王道ってまさに、王……帝ではないでしょうか？　学校を大学寮と捉えず、この都が舞台と考えるなら。しかも、お后様が読むとしたら、相手は帝ですよね？」

「とすると、たいした身分はないけれど後宮に入内することになり、どこがいいのかわからない平凡な女性なのに帝のご寵愛を得てしまった、という女主人公を作ればよいわけか」

「式部さん、それ！　それですよ、王道とは、まさに！　しかも、プリンセスになる、玉の輿に乗る、これは外国のロマンス小説でも王道ですし、グリム童話でもやはり最後は王子様に見初められてめでたしめでたしなんですから、これはもう王道中の王道と言えましょう！」

「ぷりん……？　ろまん……？　ぐりむ……？」

つい興奮して、式部さんにわからない用語を大量に使ってしまったと後から気付き、

「……失礼しました。異国の女性向けに書かれた恋愛小説や、外国の子ども向けの童話のことです。先ほど式部さんがおっしゃった設定は、そういった物語によくある展開で、……だからこそ万人が望んでいる展開だと思います」

と、フォローを入れる。

そして、私は『伊勢物語』のハッピーエンド版を作ることで、式部さんのような人たちがスッキリする物語にもなって欲しいのだ。男女は逆転するが、身分の高い帝とたいした身分ではない姫の恋愛は成就させてあげたい。政治的な思惑の方が恋愛に負けるという現実にはありえない展開にして、業平のような苦しみを味わった人たちの溜飲を下げる物語としたいのである。

「たいした身分ではない、というだけではなく、元はいい家柄だったのに最近の政権争いに負けて、零落れた姫……という設定はどうでしょう？」

と、式部さんに尋ねる。何度も何度も、敗者からの逆転というテーマを物語に織り込むのだ。

「よい案だな。そして、その姫はどうなる？　帝の寵愛を糧にすんなりと后になるのか？」

「いえ、帝からモテた直後、十中八九、先輩たちからのいじめに遭いますね。『あんた、身の程知らずなのわかってるの？』『あんたにはこれがお似合いよ』って、トイレの便器に顔を突っ込まれたりします」

「といれ……？」

「ええと、……汚物です」

実は、この時代にはトイレはまだ独立した部屋になってはいなかった。タイムスリップしてきて一番困ったのが実はそこだったのだ。便器は箱状のもので、部屋の中でそこに用を足すと、使用人が片付けておいてくれるというシステムなのである。いまもまだ正直慣れてはいない。

「つまり、先に入内していた先輩の女御方から、主人公はいじめられるのだな。その手段のひとつとして、部屋の前に汚物をまかれることもあるということか」

「ちょっとえげつない話ですけど……、少女マンガの筋立てをそのままこの時代の後宮に移せばそういうことになりますね」

汚物をまくなんて展開大丈夫なんだろうか、と思いつつ式部さんを見ると、私の話す筋立てを真剣にメモしているので、大丈夫なのだろう。

「その後はどう展開する？　帝は先に入内した女御たちの顔を立てて、一人だけ寵愛するのはやめるのか？　現実では、政治的なことを考えてそうなりそうなものだが」

「いえ、逆にそのいじめによって二人の結束が強まり、ますます愛が深まり燃え上がるのです」

メモを取っていた式部さんが突然、

「あ！」

と声を上げた。

普段、冷静で顔色も声色も変わらない式部さんにしては珍しい。

「どうしたんですか？　……何かいけない展開にしちゃいましたか？」

「これは……楊貴妃ではないか！　長恨歌だ！　見事だ、きちんと漢籍も引用されている」

式部さんは感嘆しているが、これはまったくの偶然である。私は、ただ少女マンガの王道を語ったに過ぎない。

「楊貴妃ということは、この後は悲劇の展開となるのか？」

そう問われて、私はううむと考える。少女マンガだと圧倒的にこの後ハッピーエンドになることが多い。乙女ゲームも、ハッピーエンドを目指して頑張るわけで、よほどのマゾ的性格でなければわざわざバッドエンドを好んで見る人は少ないだろう。コンプリートしたことで金のトロフィーが貰え、達成感を得られるならまた別の話だが。

他にこの年代の女子が好む媒体は何かなかったか、と脳内を検索する。

そして、私は思い出した。

この世代の女子が好んで読み、あるいは自分で書くことすらする、携帯小説という媒体を。

「未来の世界で、中宮様世代の女子にとても人気がある物語の分野でよく描かれるのは、不治の病。若くして出産。志なかばの死……。主人公を愛し続ける男性。これも、王道展開です。死は二人を分かつものではない、君は俺の心の中で生き続ける！ いまでも愛しているよ！的な……」

式部さんは意外にも、ベタ過ぎる展開の携帯小説の筋立てにも興味を示してくれた。

「そういう悲劇もなかなかよい。主人公は、帝の子を産んだ後、不治の病で亡くなってしまう。しかし、二人は比翼連理の仲。ゆえに、死が二人を分かつとも愛は壊れることなどない……と」

確かに、それでエンドでもいいのだが、と私は考える。それでは、そもそも最初の目的であった、式部さんの溜飲を下げるための物語からはずれてしまう。やはり、敗者復活戦が必要だ。

「そこで終わりにせずに……、ここから物語を始めてはどうでしょう。これは物語の序章に過ぎなかったのです。この身分の低い、圧倒的に不利なところからスタート……勝負に加わる悲劇の皇子こそが本当の主人公です！」

僕たちの冒険はこれからだ！　で連載終了ではなく、本当にここから物語をスタートさせるのだ。

「しかし、外戚がいないのに、帝となるのは難しいではないか」

確かに式部さんの言う通りだ。摂関政治のこの時代、後ろ盾がなければ帝になるのは難しいだろう。ここで無理にこの皇子を帝に仕立てたら、一気にファンタジーとなってしまう。

「……業平は、帝の子孫だけど〝在原〟姓なんですよね……？」

「ああ、臣籍降下している。その皇子も臣下にしてしまうか？」

「それです！　それで、臣下として出世していくんですが、政変に巻き込まれて一度は零落れてしまうわけです。しかし、彼はそれでも負けない。業平のように都から離れたところを彷徨っても、また都に戻って来ます。そして、再び出世していくのです」

ああ、これで式部さんたちも共感できる物語になるのではないか。

「俺としてはそれも面白いと感じるが、そうなるとこの先は政治の話ばかりとなってしまう。中宮様のような女性が読んで面白いと感じるか？」

「う～ん……そうしたら、その悲劇の皇子を、全女性の憧れ的な高スペックのイケメン……何をやらせてもそつなくこなす美形に設定して、表向きは恋愛の物語にしたらどうでしょう？」

「なるほど」

「一応、中宮様の萌えツボがわからないので、その男主人公と他の男性とのBL的展開も入れておきましょうか」

「びーえる？」

「あ、失礼しました。え～と、……男色です。男性と男性の恋愛です」

「ああ、なるほど了解した」

さすが、平安時代。男色に理解が深い。というか、高貴な人たちの間では当たり前に男色行為が浸透していることを実感させられる受け答えだ。すんなり採用されてしまった。

そして、式部さんは、すごくいい物語のあらすじができたように喜んでいるけれど、私からするとベタ過ぎるストーリーに感じられる。本当にこれでいいのだろうか。

しかも、どこかで聞いたことのあるようなストーリーに感じるのだ。もちろん、王道設定ばかり盛り込んだのだから、手垢にまみれたストーリーにならざるを得ないだろうが、この時代の式部さんにとっては、新鮮な話に思えるのだろうか。

「臣籍降下した後の姓だが、やはり安和の変辺りを想起させるように源氏にしておこうかと思う。『源氏の君の物語』なんてどうだろうか？」

「え？」

〃アンナの変〃とかいう、また聞き慣れない政変の名前が出てきたけれど、私にはそこよりも引っかかった箇所がある。

……『源氏の君の物語』……それって。『源氏物語』⁉

第15話　気がついたら『源氏物語』の原案者になっているみたいなんですけど

　ここまで二人でプロットを組み立てている間に、私はなぜ思い出さなかったのだろうか。あの、日本人なら誰でも知っている、知らない者などいない有名な物語のことを。

　そう、『源氏物語』だ。

　冷静になって思い返してみると、いまのプロットは、『源氏物語』の冒頭部分に非常によく似ている。そして、式部さんの考えたタイトル、『源氏の君の物語』というのは、『源氏物語』と酷似していないだろうか。

　古典の授業の中で、確か『源氏物語』は平安時代に成立した作品だと習った。だとしたら、『伊勢物語』のように、どこかで既に『源氏物語』も生まれていて、式部さんはパクリの罪で中宮様や藤原道長から怒られてしまわないだろうか……、いやこの時代、怒られるだけでは済まないかもしれない……。中宮様を謀った罪で、牢に入れられたり島流しになったり……なんていう最悪の事態を想定する。

　私は、不安を覚えながら、恐る恐る式部さんに尋ねてみることにした。

「あの……『伊勢物語』のように『源氏物語』という、とてもとても有名な物語が既に世の中に出回ってはいませんか？」

「『源氏物語』……？」

　式部さんは、小首を傾げる。

「いや、俺はそのような物語など聞いたことがない。自慢するわけではないが、俺は我が国の物語でも外国の物語でも、手に入る物語であればすべて読破している。しかし、そのような物語はこれまで聞いたことがない。外国の物語などは、惟規を使って、こっそりと宮中で書写させ……」

　一瞬、不正に近いことをしているような不穏な話が聞こえてはきたが、いまはそのようなことにかまっている場合ではないので、スルーする。スルースキルは重要だ。

　確かに、思い返してみると、式部さんの部屋に積み上がった書物の数は尋常ではない。惟規さんの部屋の漢籍の数も相当なものだと思うが、式部さんの部屋にはおそらく男性が読む漢籍だけではなく、日本や外国の物語に絵巻まで揃えられていることだろう。現代だったら、見事な汚部屋……いや、オタク部屋と言えるだろう。壁の全面を書物が覆っていないのは、単にまだこの時代の書物の数が少なすぎるからだ。

　つまり、式部さんは現代なら立派なオタクなのである。

　と、考えてみると尊大な態度のイケメンにも、一気に仲間意識が芽生え、式部さんに対する高い壁が少し低くなったようにも思えるのは気のせいだろうか。

式部さんとの距離感が縮まったように思うこと、これは私にとって大事なことではあるが、あくまで個人として大事なことでしかない。それよりも、早急に考えないといけないのは、いまプロットを組み上げている物語が、あの『源氏物語』ではないか、ということだ。

しかし、文学オタクの式部さんが確固たる自信を持って断言するのだから、いまはまだ『源氏物語』ができる前の時代だと考えていいということだろうか。あるいは、この世界は、『源氏物語』の存在しない、平安時代にとてもよく似た異世界だったのだろうか。

そこまで考えて、はたと気付く。

『源氏物語』の作者は……、〝式部〟……、紫式部ではないか！

「あの……式部さんって、略して〝式部〟で、本当は紫式部だったりします？」

と、私は今度もおずおずと尋ねた。が、

「いや」

と、あっさり否定されてしまった。

ところが、しばらくして、

「ああ……そういえば」

と、何かを思い出したように式部さんは再び口を開く。

「もし俺が中宮様のところに出仕するとしたら、ただの〝式部〟と名乗るわけにはいかないだろうな。〝式部〟という名はありふれた女房名だから、他の者と区別がつかない可能性がある。

既に、〝和泉式部〟と名乗る者も仕えていると聞いた。俺なら、さしずめ姓から一字を取って、藤式部とでも名乗ることになるだろうか」

「藤式部……ですか……。たとえばですけど、紫式部と名乗る可能性は……？」

私は一縷の望みを繋いで、再び尋ねる。しかし、

「いや、紫など……色の名を使った女房名はいまだかつて聞いたことがない」

と、否定されてしまった。

だとしたら、この世界は紫式部ならぬ藤式部が『源氏の君の物語』を作るという、私がいた世界の平安時代と非常に似てはいるが、同じ時間軸上にはない並行世界なのだろうか？

「しかし、高貴な姫にだったら紫と名付けるのもよいかもしれぬな。物語の中とはいえ、女性の名前を明らかにすることはできない。何らかの呼び名を女君たちにつける必要があるが……。〝紫の上〟という登場人物がいたら優雅で良いのではないか」

名案が浮かんだとばかりに、また何か書き留めている式部さんを見つめながら、私は〝紫の上〟が『源氏物語』の主要登場人物だったことを思い出す。

ここは、私と式部さんとの二人で、『源氏物語』を生み出すという平安時代に似た異世界なのか？　それとも、本物の紫式部に先んじて『源氏物語』を生み出してしまうという、歴史改変を行ってしまったのだろうか？

そういう場合は、未来からタイムパトロールがやって来て、私と式部さんは歴史的事実改変

の罪で連行されたりしちゃうのだろうか？

私がいた時間軸の過去に連なっていたはずの平安時代について、細かな史実をまったくと言っていいほど知らないから、どちらなのか私には判断することができない。私の頭の中で答えを出そうにも、手がかりが少なすぎるのだ。

ただ、言えることは……賽(さい)はもう投げられてしまったのだということ。

これがノーマルエンディングに繋がる道なのか、バッドエンドに繋がる道なのかはいまの時点ではわからない。

しかし、私はセーブする前に、既に重要な岐路(きろ)を過ぎてしまっていた。おそらくエンディングに関(かか)わるであろう、非常に重要な選択肢(せんたくし)。私と式部さんとの二人三脚(ににんさんきゃく)で、『源氏物語』を作っていくという選択肢を、私は既に選んでしまったのだ。

第16話 王道は正義！ シンデレラは永遠にすべての女子の憧れなのです

私はタイムスリップにおける重大な禁忌を犯してしまったのだろうか。それとも、私がしたことによって逆に史実通りに事が進むようになったのだろうか。

しかし、紫式部が男だなんていままで聞いたことがないし……。

やっぱりここは平安時代によく似た異世界なのだろうか、と悩んでいると、車の外からいままでこの時代にタイムスリップしてから聞いたことのないような大きな声が聞こえてきた。

「おう、お隣さん、どこかにお出かけかい」

「ああ、最近、都の市だとどうにも物が売れやしない。ちょっくらこれから近江辺りまで行商に行って来ようと思ってな」

「そうかい、気をつけて行っておいでよ」

私が驚いていることに気付いたのか、式部さんは車の側面についている小窓を指して、

「そこから覗いてみればいい」

と言った。

「あっ！」

外の光景を見て、私は思わず声を上げる。

式部さんの邸を出てすぐ、同じように小窓から外を覗いたときとは、まったく違う風景がそこには広がっていた。先ほど長々と続いていた立派な塀を巡らせた家などどこにもない。

いま目の前にあるのは、そもそも塀すら持たない小屋のような建物群である。間口もせいぜい三、四メートルぐらいにしか見えない、本当に小さな家ばかりだ。間口から想像するに、中にはせいぜい六畳から十畳ほどの部屋がある程度の大きさではないかと思われる。屋根も、瓦葺きなどではなく、薄い板が載せられているだけだ。

時代劇ドラマでよく出てくる長屋が、更に貧相になったような建物ばかりが軒を連ねていた。

「……ここは？」

式部さんに尋ねると、

「五条の辺りになる。我が邸があるのは一条の辺り。この辺りから南には、平民たちの暮らす小家も目立つようになってくる」

と、答えてくれた。

〝ただびと〟とは、聞いたことがない言葉だったけれど、いまで言うところの庶民というところだろうか。

先ほど、行商に行くと言っていた男の人も見送った男の人も、貴族には見ない服装だった。ふくらはぎの辺りまでしかない裾がすぼまった短い袴を穿いている。トップス部分もボトムス部分も貴族の衣のように鮮やかな色ではなく、茶色やベージュの地味な色合いだった。布ももっと、ゴワゴワしているように見える。

しかし、何より驚くのは周囲から聞こえてくる喧噪だ。

貴族の邸ばかり建ち並んでいた区画では、ほぼ何の声も聞こえて来なかった。おそらく塀から邸までの間に広い庭園があるせいで、中に住む人たちの声が外に漏れないせいだろう。塀に破れ目のある式部さんの邸の中にいても、通りの物音などまったく聞こえず、聞こえて来るのは風流な虫の声ばかりだった。

しかし、ここはまるで違う世界だ。様々な声が小さな家から漏れ聞こえてくる。

当然、防音措置も何も施されてなどいない、板一枚に遮られているだけで、ほとんどの家が窓を開け放っているため、家の中の会話まで通りに筒抜けなのである。

この時代に来て、初めて活気ある人々の様子を見たような気がした。

私は本来なら、ここで働く人たちと同じ、一般庶民だ。だからこそ、偶然王子様と出会ってプロポーズされたり、異世界に行ったら急に偉い巫女様扱いされたり、プリンセスに転生していたりという夢を見るのだ。ありえない出来事だからこそ、人は妄想する。

たとえば、ここに住む人たちのもとに、先ほど式部さんと共に作り上げた悲劇のプリンス源氏の君がやって来たらどうだろう。源氏の君は、身分の低い女性から生まれたとはいえ、この五条辺りに住む人たちから見たら、高貴な人であることに変わりはない。

「この辺りに住むような人のところに、先ほど作った物語の主人公……仮に〝源氏の君〟としておきましょうか。彼がやって来たらどう思うでしょうか？」

と、私は式部さんに問う。

「〝やって来たら〟というのは、〝突然訪問したら〟という意味か？」

「いえ、恋人として通って来るんです。たとえば、もとは貴族だったんだけれど、零落れてしまって、身を隠すようにこの辺りに潜んでいる女性のもとに、通って来るんです」

小公女のようでもあり、シンデレラのようでもあるが、いずれにせよ女子にとって永遠の憧れ的シチュエーションであることは間違いない。

栄華からの没落、そして救ってくれる誰かの訪れ。

説明していて、

──あれ、『源氏物語』の中に、そんなエピソードもあったんじゃないかな？

なんて思っているうちに、式部さんが私のアイデアに同意する。

「『落窪』の話のようだな。俺は男だから女子がどういった場面で喜んでいるのかよくわからないのだが、既にそのような物語があるということは、きっと受け入れられるのではないか」

「『落窪』……それはどのような物語なのですか？」

「落窪の君はもともと中納言の姫君だったが、中納言が再婚した継母にいじめられることになる。そこに右近少将という貴公子が現れて、姫を見初め、契りを結ぶ。そして、虐げられていた落窪の君を救い出し、継母に復讐をするのだ。右近少将は後に太政大臣にまで昇進し、落窪の君は幸せに暮らした」

女子のツボを非常によく押さえているが、どこかで聞いたような話だ。

「……あ、それって、そのままシンデレラと同じ話！」

「しんでれ……？」

「あ、ええと、外国の物語です。よく似た話があって。やはり不遇の姫が高貴な男性に救われ、めでたしめでたしというのは、王道なんですよ！　だから、どの国にも似たような話があるということだと思います。私をこの不幸から救ってくれる王子様、ウェルカム！　これは、もう世界共通、全女性の憧れですって！」

と、普段はボソボソとしか喋れない私が、つい興奮して持論をまくしたててしまった。式部さんは特に呆れる様子も見せず、

「それなら、そういった女君も登場させてもよいかもしれぬな。もしかしたら、お主上には手の届かぬような、中宮様の女房たちも物語を読むかもしれぬから」

ということで、五条辺りに住む女君も脇役として登場させることが、私の一存で決まったのであった。

しかし、これも……やはりどこかで聞いた話のような気がするのである。

第17話 式部さんと巡る！ 京の都のドキドキ廃屋ツアー

牛車は五条大路を過ぎて、そのまままっすぐと進んだ。

そして、次の大路にぶつかったところで左に折れる。

「ここは、六条の辺りだ。この辺りまで来ると、また次第に貴族の邸宅も増えてくる」

という式部さんの説明に、車の外を見ると、確かに先ほどまで連なっていた小屋のような板張りの粗末な建物と、立派な塀や門を備えた邸宅とが混在する不思議な光景が広がっていた。

そして、とても長く立派な塀に囲まれているけれど、ところどころその塀が崩れ落ちているところがある、なんともアンバランスな邸の前まで来ると、

「その築地が大きく崩れたところから、車を入れよ」

と、式部さんは従者に指示を出した。広そうな邸だけれど、ところどころ塀に破れたところがあるこの感じ……。式部さんの家とよく似ている。親戚の家か何かなのだろうか。

塀の破れ目から庭へと入った牛車は、通りを走っていたときよりもさらに大きく右に左に揺れた。この庭の荒れようから想像するに、石に乗り上げたり、木の根に乗り上げたりして、ひどく揺れるのだろう。

揺れるのはいい。ただ、揺れるたびに、

「危ない」

と言って、式部さんが私を抱き寄せるように庇ってくれるので、ドキドキしてしまう。

悪路のためゆっくりとした歩みしかできない牛車がようやく建物の傍近くまでたどり着いた。

「その階の横に止めよ」

と従者に命じた式部さんは、

「さて、目的の場所に着いたようだ」

と言って、動揺している私を尻目にさっさと牛車から降りる。

「さあ、手を」

と差し出されたその手を取ると、そのままぐっと強い力で式部さんの方に私は引き寄せられる。

「……え？」

「ところどころ床が腐っている。俺の傍を離れずに歩け」

式部さんは私の手を取り、慎重に道を選びながら廃屋のような邸の中を歩き始めた。

初めて式部さんの家に入ったときのことを思い出す。

あのときは私が腐った床板を踏み抜かないように惟規さんが優しくリードしてくれた。それに比べて、式部さんの言い方は全然優しくないし、むしろ冷たいというかぶっきらぼうだ。

でも、繋がった手の力強さから、言い方は偉そうでいつもと変わらないけれど私のことを気遣ってくれているのだろうか、と良い方に妄想してみた。

緊張の余り手に汗がじんわりと滲んでくる。

なぜだろう、なぜ式部さんが相手だとこんなにドキドキ緊張してしまうのだろう。

そう思いながら、式部さんと手を繋いで歩いた。

他のところよりも少しは傷み方が少ないだろうか、という辺りで式部さんは歩みを止めた。

「ここは、河原院と言う。かつては、源融が住んでいた。華美を尽くした見事な邸宅として有名だった場所だ」

式部さんは語り始める。

「……いまは誰も住んでいないんですか？」

私は、式部さんの邸を思い出しながら、いまいる河原院と比べてみる。大人の腰辺りまで雑草が生えているところがあったり、崩れ落ちた池の橋があるところは、式部さんの邸とたいして変わらないように見える。

邸自体は、式部さんの家よりも遥かに大きく、いくつもの棟が渡り廊下で繋がっているようだが、そのところどころが崩れ落ちてしまっているし、焼けたような跡も見受けられる。

室内に目をやると、破れた几帳や屏風に、漆のところどころ剝げた調度品が床にいくつも転がっていた。髑髏がその隣に転がっていても不思議はないほどの荒れ方だ。

式部さんの邸は、ところどころ床板が腐っていても、御簾や几帳が破れていても、人が住んでいて手入れをしていることがわかる状態だ。たとえば、漆の剝げた調度品はあるが、埃が積もってはいないし、毎日丁寧に磨かれているのがよくわかる。

ということは、ここは無人の邸ということだろうか。

「我があばら屋と似ていて、誰かが住んでいると思ったか？」

「いえ……そんなことは……」

と否定しながらも、考えていたことを見透かされたようでドキリとした。

「この邸には、かつて四面四季の庭と呼ばれるものがあった。春の海、秋の池の蓮、夏の竹を吹く風、冬の雪の中の松と四季折々の風物を、それぞれの庭で楽しんだという」

式部さんの説明を聞きながら、庭を眺めてみたが、いったいどこがどの季節を表しているものか、いまとなってはまったくわからない。

「そして、なんと言っても有名だったのが、塩釜だ。陸奥の国の塩釜の浦を模した庭を造るために、毎日毎日、浪速の海の水を三十石も汲んで運び込ませ、庭で塩を焼いて、塩釜の浦の風景を再現したと言われている」

現代人の私には、いまいちピンと来ないが、昔の塩の作り方なのだろうか。しかし、海水を毎日、大塩を焼く様というのが、どういう風景なのか思い浮かばなかった。

阪の海から京都まで運ぶというのは、相当な労力だったのではないだろうか。〝なにわ〟と言っていたから、おそらくいまの大阪のことだろう。新幹線ならすぐの距離だけれど、あの歩くのと変わらないほど遅い牛車しかないこの時代で、どのようにして運んでいたのだろうか。

「栄枯盛衰と言ったところだな。それだけの栄華を極めても政変によって一瞬のうちにすべてを失ってしまう。我が邸も、いつこのような廃屋になってもおかしくはない」

式部さんは、それを言いたくて私をここに連れて来たのだろうか。

いま道長から命ぜられている絵や物語、それらで成果を出せなければ……。もうこのように邸ともども朽ち果てて行くしかないのだと。

そして、惟規さんは言っていた。式部さんは家の再興をも望んでいるのではないかと。

「……中宮様に喜んでいただける物語が書ければ……、式部さんのお邸……元の美しい状態に戻せますか？」

「かもしれぬ」

「少しでも……力になれたらと思います」

「頼りにしている」

でも、本当に栄枯盛衰や家の再興だけを伝えるためだろうか。わざわざ牛車に乗って、こんな荒れ果てた邸までやって来たということは、物語を作るに当たってこの邸を見せる必要があると思ったのではないか。

「この邸に連れて来て下さったということは……その、邸の持ち主は……業平のような、今度の物語のモデル……つまり、参考になりそうな人物なのですか？」

「ああ、その通りだ。むしろ業平よりも源融の方が向いているかもしれぬ。源融は嵯峨天皇の皇子として生を受けたが、臣籍降下して源氏を名乗った。ただ、彼の場合は左大臣にまで昇りつめてしまったがゆえに悲劇が待っていた」

私は先ほど臣籍降下した悲劇の皇子が主人公として栄華を極めるという話を提案したのだが、既に同じ人生を歩んだ人がいたということか。だとしたら、確かにこの邸の主の方がモデルに向いているのかもしれない。

しかし、この邸の荒れ様……。さらに悲劇とは何だろうか。

「堀河大臣、つまり藤原基経殿にとっては邪魔な存在だったのだよ。『伊勢物語』で二条の后を業平から取り返した鬼が、この堀河大臣だ。堀河大臣は、河原左大臣融よりも下位の右大臣でしかなかったのに、陽成天皇の伯父であるため摂政となった。自分より下位の基経殿が摂政になったことに不満を表すため、河原左大臣は自邸に引き籠もった。そして、陽成天皇が退位され、後継者問題で紛糾したとき、『自分も嵯峨天皇の皇子だったのだから、皇位継承の権利がある』と主張したが、基経殿に『臣籍降下した者が帝位に就いた前例がない』と言って退けられてしまった」

「その失意のまま亡くなられたなら……その結末を書き換えねばなりませんね」

式部さんを含め、権力者によって没落したり左遷されたりしたすべての人のために。

「……物語の中で、源氏の某の君は、業平のように都から追われても、また都に戻り元の官職以上に出世するようにしましょう。そして、自らを追い落とした藤原の某の大臣よりも出世し、このお邸のような立派な邸宅に住むことにしましょう。この庭がいつまでも美しく、荒れることがないように、その子々孫々まで栄える物語を作りましょう」

「物語による追善供養か」

式部さんは、

「……中宮様や、いまの左大臣殿は堀河大臣基経の子孫なのですね？」

「その通りだ」

と頷いた。

もし、藤原道長や中宮様が、自分たちの先祖がしたことによって、源融に祟られるのではと恐れているとしたら。それは嘘だとわかっていても、物語の中に栄華を極める源融の姿を見て、祟りを恐れる気持ちを濯ぐのだ。

そして、式部さんを含め、源融のように犠牲となった立場の人たちは、その架空の栄華を見て、物語の中だけでも夢を見る。モテない私が、乙女ゲームの中で夢を見るように。

式部さんは、再び私の手を握った。今度はどこかへ連れて行こうというわけではないようだ。

ただ、先ほどよりも力を込めて私の手をギュッと握る。心臓は再びその鼓動を速めたが、私もただ無言で、必死に式部さんの手を握り返した。

式部さんの邸をこんな廃墟にはさせない。そんな気持ちを込めたつもりだった。

第18話　陰陽師がやって来たら、なぜか修羅場になってしまったのですが

　夕方近く、邸に戻ると国時さんが来ていることを近江から告げられた。

　何か新しい情報が手に入ったのであろうか。私と国時さんは、几帳を間に立て向かい合った。

「ああ、麗しい撫でし子の君。今日は、香を薫きしめていらっしゃるのですね。沈香の芳醇にして気高い香りに甘い丁字が加わって、ああ、これは〝侍従〟の香りですね。撫でし子の君の聡明な美しさをより際立たせています。とてもよくお似合いですね」

　久しぶりのイケボと甘々な台詞に、私は既にお腹いっぱい状態である。

　これがもしゲームだったらきっとキャーッときめくであろう台詞なのだが、先ほどの糖度の欠片もない式部さんとの会話の方がドキドキしたのはなぜだろう。

　何か長々と私を褒めているらしいが、その内容は途中から頭に入って来なくなっていた。私の方から早々に本題に入ることにする。

「それで……、国時さん。今日は何か新しい情報があって訪ねてくださったのですか？」

「ええ、その通りです、本当なら撫でし子の君を帰すお手伝いなどしたくはないのですが、愛する人にとって一番の幸せを願うことこそ、本当の愛ですから」

まだ、だいぶ余計な話が多いが、なんとか本題に入ることができたようだ。

「さて、次の十五日の月蝕が過ぎた後に同じような条件が起きる日を調べてみたのですが……。次の日蝕も月蝕も今年中には起こりません。次にもっとも近いのは、来年の一月十六日の月蝕、そして同じく来年の八月一日の日蝕になります。私としては、撫でし子の君をこの腕の中に閉じこめておきたいのですが、早く元の時代に戻りたいとおっしゃるのであれば、今度の十五日に一条戻橋にいらした方がよろしいかと思われます」

国時さんのくだくだしい台詞をまとめると、要するに、〝次の機会は来年までない〟ということだ……。

確かに、現代でもそう頻繁に日蝕や月蝕が起きていたわけではなかったと思う。だから、タイミングを逃せば、当然、この時代に長くとどまることになってしまうだろう。

その日に帰れるかどうかというのも、まだ仮説の段階に過ぎない。日蝕でなければ同じ条件ではないかもしれないし、そもそも日蝕とは何も関係ないかもしれないのだ。だからまずは、目前に迫った十五日に、時空の綻びが再び現れるかどうかを確かめなければならない。そこでダメなら、また別の帰り方を模索しなければいけないのだ。

そして、この仮説が正しければよいのだが。いろいろと模索しているうちに何年も経ってしまったら……、私はこの平安時代でおばあさんになってしまうかもしれない。そのような想像をすると、あらためて自分の置かれた境遇に、ゾッとした。

私の心の内によぎる不安が国時さんに伝わってしまったのだろうか。それを払拭するように新たな情報を国時さんは告げる。

「それと一条戻橋以外にも時空の綻びが起きやすい場所を見つけました。これはまだ私の想像でしかないのですが……。六道の辻と呼ばれる場所も、異界との境界に当たるのではないかと。撫でし子の君は小野篁という人物をご存じでしょうか？」

「いえ……小野と言えば、小町か妹子ぐらいしか……」

毎度、毎度、自分の日本史知識のおそまつさが恥ずかしい。

「その二人は有名ですからね。小野篁という人は、いまから二百年近く前の人物で、非常に漢籍に明るく、白居易に比されるほどの素晴らしい詩人だったと言われています。さて、ここまでは事実です。ただ、小野篁には、妙な噂がありまして……」

「妙な噂？」

「昼間は参議としてこの世の朝廷で働きながら、夜になると東山の六道珍皇寺にある〝死の六道〟を使って冥府へと行き、閻魔大王の補佐をしていたという噂があるのです。恐ろしい話ではありませんか？　閻魔大王のもとで働いているなんて」

国時さんは、恐ろしげな表情を作って几帳の陰からヌッと顔を突き出す。しかし、3Dのリアルなホラー映画を体験したことのある現代人にとって、地獄も閻魔大王も恐怖の対象ではなかった。

ただ唖然としている私に向かって、国時さんは、

「あれ？　撫でし子の君はとても気丈でいらっしゃる。どうぞ、『きゃあ怖い』と言って私に抱きついてくださってよろしいのですよ」

と言って、私を抱き寄せる。

「い、いやぁぁぁぁぁぁぁ！」

私にとって、こちらの方がよほど怖い展開で、思わず声を上げてしまった。

バクバクした心臓を落ち着けようと、しばらく深呼吸をしていると、

「大丈夫ですか、姫」

という声が簀子縁から掛かる。

声は確かに式部さんのはずなのだが、いつもと口調がまったく違うのはどうしたことだろう。

「ん？　そなたは？」

国時さんの問いに、

「私はこの邸に勤める者で、姫の警護を任されております。悲鳴が聞こえたので駆けつけて参りました」

と式部さんは返す。

一の姫しか存在しない家に、惟規さん以外の男性がいるとしたら従者しかいない、ということで急遽、従者の振りをしてくれたのだろう。

心配して駆けつけて来てくれた……、とうぬぼれてもいいのだろうか。

「ありがとうございます、もう大丈夫です……、この方は、安倍天文生様で……ちょっと急に抱き寄せられて驚いてしまって」

先ほどからの動揺に、さらに式部さんが駆けつけてくれたという動揺が加わっていらぬ一言を言ってしまったが、もう遅い。

「ご無礼ながら、もしや安倍天文生様は姫様のところにお通いでいらっしゃいますか？」

「……通う、とは？」

確かに国時さんは、私のところに通って元の時代に戻れる術を一緒に考えてくれている。しかし、「通う」という言葉に、名乗ることや顔を見せることと同じくこの時代特有の意味があるのかもしれないと思い、再度フォローをする前に念のため問うてみたけれど、御簾の向こうからの答えはない。

何だか、初めて男性の式部さんと会ったときのような無言の怒りを感じるのだが、気のせいだろうか。さらに、国時さんは国時さんでこの場を収めるどころか、式部さんを挑発するかのような答えをする。

「確かに、姫君のご相談に乗るために通わせていただいております。ねえ、撫でし子の君？」

御簾の向こうからまた冷たい空気と威圧感が漂って来る。

「姫君は記憶を失っているものの身分高き家の方かもしれぬので、いらっしゃる前には文をお贈りくださるように、と主から言いつかっております。安倍天文生様でしたら、そのような常識はご存じかと思いますが……。差し出がましいことを申して失礼いたしました」

「わかった、私は今度から撫でし子の君に文できちんと思いを伝えることにしましょう。これまで、失礼をして大変申し訳ありませんでした、姫君。どうか許してくださいませんか」

と、国時さんが私に向かって頭を下げた。

国時さんも式部さんも、私が身分高い姫ではないとわかっているのだから、当然、この一連のやりとりは茶番でしかないのだが、二人ともどうしたことだろう。

そして、国時さんは再び顔を上げると、御簾の向こう側に向かって、

「しかし、そなたは主から言いつかってと言いながら、自分自身が恋をしているかのような振る舞いですね。それともそなたの主が撫でし子の君に恋をしているのか……」

と、また挑発するような物言いをする。

え、そんな、まさか……式部さんが私に恋だなんて、先ほどの抱き寄せる一件から始まった国時さんの冗談に違いない。

式部さんが私に恋なんて、ない、ない、ない。

と、私は頭を振ってそのうぬぼれを頭から叩きだそうとする。

国時さんは、

「彼もあのように言っていますから、今日は私もこれで失礼するとしましょう。次からはきち

んと文を贈ってから訪れることにいたしますよ、撫でし子の君。しかし、私としてはひとつ不安ができてしまいました。あなたを守る者があなたを攫ってどこかへ隠してしまわないとも限らないですからね。昔物語にはよくあることです」

と言って立ち上がる。

いつもの調子で、優雅に国時さんは去って行ってしまった。

遠くからいつものように讃岐を口説く声と、嬉しげな讃岐の笑い声が聞こえてきた。

その声も聞こえなくなった頃、簀子縁からいつもの式部さんの声がする。

「その……すまない。つい……。もしあの男のことを好きだったのだとしたら、邪魔をしてしまったな。俺もああ言った手前、おまえに和歌を贈ることにしよう」

衣擦れの音と共に、式部さんの去って行く足音が聞こえる。

部屋に残されたのは、呆然とした私一人。

これは、どういうこと？

恋に疎い私には、何が起きているのか、そしてなぜこのような事態になっているのか、さっぱりわからない。でも、式部さんは私を助けてくれたと考えていいのだろうか。

実況『源氏物語』誕生の瞬間に立ち会っています

明けて七月七日の朝。

いつものように、十二単を着付けてもらった後、讃岐が部屋を出て行ったタイミングを見計らって、私は近江に、

「あの、私のこの髪、実は鬘なんです。はずしてもいいでしょうか？」

と、勇気を出して尋ねてみた。

「まあ、そうだったのですね。長さにもよりますが……」

と言いながら、近江は私の鬘をはずしてくれる。

「あら、なんと見事な黒髪。長さは腰の辺りまでですか。少し足りないので、髢を使いましょうか」

「あの、できれば髪を洗いたいのですけれど……」

「それなら髪を洗うに良き日を占いませんと。今日、いきなりというのは無理ですわ」

そういえば、何か儀式をするのに良き日を占うのが陰陽師の仕事だと国時さんは言っていたけれど、そんなことまで占って決めていたのか！　と、唖然とする。

「ただ整えることはできますので、整髪の道具を持ってまいりますね」

しばらくすると、近江は大きな蓋付き茶碗のようなものを持って戻ってくる。金属でできた茶碗のようなもので、鈍色に輝いていた。それを漆塗りの台座の上に載せ、蓋を開ける。

「それは何ですか？」

「これは泔坏と言って、整髪に使う米のとぎ汁を入れる器です」

そういえば、現代のドラッグストアでも、米ぬかを使った化粧品が陳列されているのを見たことがある。ということは、米のとぎ汁にも何らかの美容効果があるのだろうか。

そう思っていると、近江は米のとぎ汁をつけた櫛で、私の髪を梳き始めた。

とぎ汁とは言え、水で髪を梳いてもらうというのは、想像以上に気持ちがよかった。櫛の歯がときどき頭皮に当たるのも、適度な刺激があって心地よい。

ああ、最初から鬘をはずしてこうしてもらえばよかった、と私は後悔した。

「泔で梳くと、御髪が輝いてさらに見事になりますね。量もたっぷりとして、なんとお美しい。きっと、一の君様も文章生様も姫様の美しさの虜になりますよ。さあ、髱を付けて、これで仕上げです。美しいですわ、姫様」

「そんな髪だけで、大げさな……」

言いかけた私の言葉を、近江が遮る。

「『髪だけ』だなんて、何をおっしゃいますか。髪の美しさこそ女性の美醜の決め手ですのに」

そう言われて、この時代、女性は顔を見せないのが普通だったということを思い出す。

親しい仲、つまり夫婦にならないと顔を見せないということは、顔で美醜を決めるわけではないということか。後ろ姿で決めるとなったら、髪が綺麗な人を選ぶということなのだろうか。

この時代だったら、私も乙女ゲームのヒロインのごとく、モテまくることができるかもしれない、という気がしてきた。

「ああ、そういえば、大切なことを忘れるところでした。安倍天文生様から文をいただいておりますよ」

と、何かの葉に結び付けられた紙を私に差し出す。

「あの……、私は読めないので代わりに読んでいただけますか？」

と頼むと、近江は細く折りたたまれた紙を丁寧に広げて、歌を詠み上げる。

「『天の川　かささぎの橋　渡せばや　織女に　こよひ逢ふらむ』ですって、まあ素敵」

近江はフフフと意味深な笑みを浮かべた。

「どういう意味ですか？　天の川にたなばた……って今日は、もしかして七夕……？」

「そうですよ。今日は七月七日。七夕です。かささぎの橋というのは、牽牛と織女が今夜だけ会えるように天の川にかける橋のことです。かささぎという鳥が翼を広げることで、橋になるのです。つまり、牽牛ですらかささぎの橋が架かれば、今夜は織女に逢うようだ……ということで、姫様にお会いしたいという意味の歌ではないでしょうか？」

「えっ⁉　今夜ですか？」

「しかも、織女になぞらえているところから察するに……」

「もしかして、恋愛的な意味で逢いたいっていうことですか⁉」

近江は、衣の袖で口元を隠しながら頷き、またフフと笑う。

「返歌はどういたしましょうか？」

返歌……。私は答えに窮した。昨日、国時さんから文で思いを伝えると思わぬ告白を聞くことになってしまったわけだが、まだ出会ったばかりだというのに、どうしてそのような好意を寄せられているのかまったくわからない。いや、女性と見れば誰でも口説く国時さんのことだから、これもすべて冗談という可能性の方が高いのではないか。あるいは、昨日の今日のことだから、ここで和歌を贈らないのは礼儀に反すると思っただけかもしれない。

「式部さん……一の君様から、歌は届いていますか？」

昨日、式部さんも最後に「和歌を贈る」と言っていたのを思い出し、無性に気になってきた。

これで国時さんからしか文が届いていなかったら……。

「届いておりますよ」

近江は微笑んで、緑の葉に畳んで結び付けられた和紙を懐から取り出した。

和紙もただの真っ白い紙ではなく、ほのかに青みがかっている。

「あの……、そちらも読んでもらっていいですか？」

と頼むと、近江は「まあ！」と感嘆の声を上げてから、読み始めた。

『彦星も　あふ夜なるらむ　我もまた　織女を　立ち居こそ待て』だそうですよ。あらあら、泔で髪を整えた甲斐があったというものですね。さて、こちらも返歌はどういたしましょうか？」

と、近江はまた笑みを浮かべる。笑顔だということは、悪い意味ではないのだろう。

式部さんは、きちんと言葉通り和歌を私に贈ってくれた。意味はわからないけれど、ちゃんと手順を踏んでくれた。つまりはいい加減に思われているわけではない、ということだ。

それがわかっただけでも、私は嬉しかった。

「あの、一の君様の歌はどういう意味ですか？」

「ふふふ。一の君様の歌も七夕にちなんだ歌ですね。彦星も一年に一度織女と逢う夜なのだから、私も立ったり座ったりしながら、織女、つまり姫様のおいでを待っていますよ、と。ちなみに、梶の葉が添えられていましたが、これは天の川を渡る船の〝かじ〟でもありますから、そこにも姫様に来ていただきたいという気持ちが込められていると思いますわ」

「あの……私は返事ができないので、返事を書いていただけますか？　国時さんには、二人きりではお会いできないという意味の返歌をお願いします」

とお願いする。深呼吸してから、

「一の君様には、後ほど伺います……という歌を」

と、私は近江に告げた。

「わかりました」

と、近江は満足そうにコクリと頷いた。

きっと、昨日の約束を守ってくれただけだから、深い意味などないはずだ。そう思いながらも、なんとなく浮き立つ気分を抑えきれない自分もいる。

「あ、申し遅れましたが、ちなみに、今夜はお父上の大殿は、左大臣様のお屋敷で行われる宴に招かれていらっしゃるとのこと、文章生様は宮中の宴にご出席だそうです」

「ん？　ということは、今夜は……式部さん……一の君様と私の二人きり？」

「はい、そういうことになりますね。もちろん、私と讃岐はおりますが。何かご不便がありましたらすぐに私たちをお呼びくださいませ。では、返歌をして参ります」

と言って、近江はまた含み笑いを浮かべ、部屋から出て行ってしまった。

近江がどのような返歌をしてくれたのか、いささか不安ではあったけれど、私は覚悟を決めて式部さんの部屋を訪れた。簀子縁から、御簾の内に声をかける。

「式部さん、おはようございます。入ってもよろしいですか？」

答えが返ってくるまでの間、緊張でドキドキする。

「入れ」

式部さんが上げてくれた御簾の片端から、私は部屋の中に滑り込んだ。

式部さんは、今日も昨日と同じ装束を着ている。髷が幾分乱れ、衣にも皺が寄っているところを見ると、単に執筆に集中するあまり、着替えていないだけかもしれない。

顔色があまり優れないのも、睡眠時間を削って書いているせいだろうか。

「式部さん、和歌……あの、えと……どうもありがと……ございます。嬉しかった……です」

と、初めて男性の式部さんと話したときのように、たどたどしく礼を述べてから、

「顔色があまりよくないようですが……目の下にもクマが……あの、大丈夫ですか？」

と、体調の心配をする。

「ああ、問題ない。昨日おまえが話してくれた構想を参考に、ついつい筆のるままに書き進めてしまって、あまり寝ていないというだけだ」

やはり、予想通り。夢中になって物語を書いていたようだ。そんな忙しい最中に和歌を詠んでくれたのだと思うと、嬉しさがさらにこみ上げてきた。

「ただ、これでよいのかどうか、俺にはわからない。だから、おまえに女性の目で見て、感情移入できるかどうか確かめてもらいたいのだ」

「わかりました！　任せてください！」

とりあえずいまの自分のドキドキは脇に寄せて置いておく。そして、式部さんが読んでくれる物語に集中し、萌えられるかどうかを確認し、萌えツボが足りなければそれを正直に伝えよ

う。それだけの簡単なお仕事だ。よし、頑張ろう！　と私は意識を切り替えた。

「どの帝の御代のことか。身分が高いわけではいらっしゃらないのに、帝のご寵愛が非常に深い方がいらっしゃいました。他のお妃様方の嫉妬を受けたせいか、その方は次第に病気がちになってまいりました」

と、式部さんは物語の書かれた紙の束を片手に冒頭部分を読み上げる。

「いいですね。この寵愛を受けているのが、主人公を産むことになる女性ですね」

「そのつもりだ」

少女マンガで言うところの、校内一スペックの高い男子にたいしたこともないヒロインが一人愛されて、周り中から嫉妬されている、という状況説明だ。王道展開である。

「ん～……そうですね。帝の愛を一身に受け嫉妬されているということの状況、いいと思います。たいして身分が高くないので、多くの読者も感情移入してくれるかと」

この身分の高い男性一人、それに群がり争う女性たち……。少女マンガ以外で、似たようなシチュエーションが他にもなかったろうか。

「あ、これって大奥！　ハーレム！」

と、思わず声を上げてしまった。ハーレムはともかく、平安時代よりも先の日本の情報を伝えてしまったのはまずかったろうか、とハッと手で口を覆う。

「後宮に美女が何千人といて、お妃様同士競っている国があるのを思い出しまして……」

と、ごまかしつつ、「大奥は美女三千人だったか」と脳内で素早く考える。おそらくそれは誇張だろうが、物語なら派手にした方がよいのではないかと思い、

『後宮にたくさんの妃がいて美女たちが争っている』という様子が伝わると、身分の上下に関係なく女性の心をグッと摑めると思います。この数多の美女がいる後宮で成り上がっていくんだ、でも意地悪されるんだって、女子ウケ鉄板ですよ、鉄板。この後、展開される意地悪もよりスケール……規模が大きくなるじゃないですか？」

と、提案をしてみた。

「ふむ、では『いづれの御時にか、女御、更衣、あまたさぶらひたまひけるなかに』と冒頭を変えることにするか」

と、式部さんは筆を取って、新たな一文を書き加えた。

……あれ、なんだかそれ……その冒頭の文章、すごく聞き覚えがあるような……？

それって、古典の授業で暗記させられた、『源氏物語』の冒頭部分じゃないの⁉

ああ、やはりいま私たちが作っているのが、あの『源氏物語』なのか、と確信した。

そして、いまこの瞬間に私の指摘によって、冒頭の部分が〝私の記憶通り〟に書き換わったということは。私は歴史改変をしているわけではなく、私が史実に介入することによって初めて、歴史が正しい方向に進んで行っているのではないだろうか？

第20話 私は『源氏物語』最初の巻の名付け親になってしまったようです

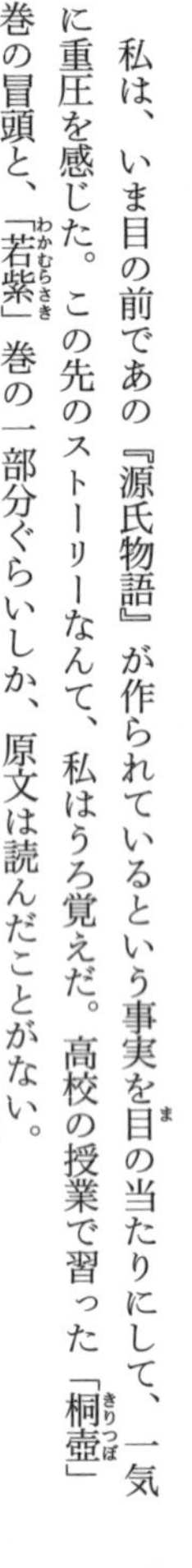

私は、いま目の前であの『源氏物語』が作られているという事実を目の当たりにして、一気に重圧を感じた。この先のストーリーなんて、私はうろ覚えだ。高校の授業で習った「桐壺」巻の冒頭と、「若紫」巻の一部分ぐらいしか、原文は読んだことがない。

あとは、マンガで読んだことがある程度という、乏しい知識のみが頼りである。

ただ、とりあえずここまで、自分の萌えツボに素直に従った読みたい物語の展開を式部さんに伝えることで、正しい『源氏物語』が少しずつできあがってきている。だったらこの後も、自分の萌えツボと王道展開は時代を超えても不変だということだけを信じ、突き進むしかない。

「どうぞ続けてください」

と、私は覚悟を決めて言った。

式部さんは朗読を再開する。

「更衣の父、大納言は既にお亡くなりになっていましたが、母は由緒ある家柄の方でしたので、宮中の儀式のためいろいろと苦心してお支度などされてきました。しかし、やはり後ろ盾のある方とは違うので、あらたまった場では更衣は心細そうな様子でいらっしゃいます」

そこまで、読んで式部さんは一呼吸置いた。

「この母方は由緒ある家柄だけれど、父が亡くなったために後ろ盾がなくて……といった辺りが、業平や源融のように、家柄はいいけれど不遇を味わわされた人々を表しているのですね」

と問うと、

「ああ。そして、この後ろ盾のない状態の妃から、この後、主人公が生まれる。既に、後見のしっかりとした右大臣の娘である女御が第一皇子を産んだ後に生まれるから、これが現実であれば、確実に業平や源融のように苦汁を嘗めることとなるだろう」

と説明を加えてくれた。

「最初から帝になって当然の人や、権力を握って当然の大臣家が存在しているわけですね。ということは、これ、右大臣とその娘が悪役キャラ決定ですね！」

と、私は指摘する。

「悪役きゃら……？」

「つまり、主人公を引き立てるための悪者が必要なわけですよ。主人公が苦しめば苦しむほど、読者は、『頑張れ！　負けるな！』と応援したくなります。そのためにも、この右大臣やその娘を思いっきり悪役にしましょう」

「なるほど、言われてみれば面白い物語とは、感情移入できる物語に他ならないな」

褒められて嬉しくなったが、いまは妄想を語るという役に徹し続けることにした。

「たぶん、この右大臣の娘の女御というのは、母親の立場としても、同じ男を奪い合う女同士という立場からしても、主人公の母……更衣に、ものすごく嫉妬するはずです。女ってそういうものです。これ確実に男の方が悪いよな～、ってことでも、女の嫉妬は女にしか向きません」

恋愛の達人のような知ったかぶりだが、すべてマンガやゲームから得た知識である。

「えっと、一方で、女御の父親の右大臣という人は、政治家として実権を握りたいわけですよね。だから、昨日の話に出てきた基経のように、もし主人公の源氏の君が出世してきたら、逐一、この右大臣は邪魔を仕掛けるはずですよね」

「藤原の氏の長者であれば、代々そうしてきただろう」

「すると、邪魔をすればするほど、主人公に肩入れして読んでいる読者……、源融側の人は『このクソ親父、超ムカつく!』となるわけです。つまり、すごく苛つく、嫌いだと。しかし、その障害を設けることによって、主人公は物語の中でいくつものハードル……山を乗り越えて、成長していくわけですね」

「ふむ。それは面白くなりそうだ」

と、式部さんは急いでまた別の紙にメモを取っている。

「そういえば、この更衣がいじめられる場面だが」

と、コホンとひとつ咳払いをしてから、式部さんはまた朗読を始めた。

「帝からひっきりなしにお声がかかるので、更衣はたくさんのお妃様たちの前を通って帝の待つ清涼殿にお渡りになられます。あまりに更衣ばかり呼ばれるときには、清涼殿までの道に汚物がまかれ、更衣の女房たちの裾が見るに堪えないほど汚れてしまうこともあるほどでした」

ここまで読んで、式部さんはいったん物語の紙束を机に置いた。

トイレの便器に顔を突っ込まれ「身の程知らずめ！」と先輩たちから罵られるという少女マンガの王道パターンを取り入れてくれたようだ。

「どうだろうか」

「……う～ん、いじめがまだ足りない感じですね。たとえば、これ更衣をどこかに閉じ込めることってできますか？」

私の頭に浮かんだのは、少女マンガによくある〝彼のフリをしてヒロインを呼び出し、体育用具室に閉じ込める〟といういじめだった。しかも、そのことによって、彼との大事な約束や、彼の試合の応援に間に合わなくなって、後々誤解からもめ事に発展したりする。しかし、もめることによって愛は更に強く、深くなるのだ。

「そうだな……殿舎と殿舎を結ぶ〝馬道〟だったら、入り口と出口に戸が付いているので、更衣が入ったところを見て、両方で示し合わせて閉めてしまうことができると思う」

「いいですね、そこに閉じ込めちゃいましょう！　あと、帝のいらっしゃるところから一番遠いところに部屋をもらっている設定にしたら、おのずと後宮中、全員の妃たちの前を通って帝のところに行かないといけなくなりますよね？」

「一番遠いのは淑景舎(しげいしゃ)だ。あまりに不便なので、ほとんど使われたことがないと聞く。その庭に桐(きり)が植えられていることから、通称(つうしょう)〝桐壺〟と呼ばれている」

「……桐壺!?」

驚(おどろ)く私を、式部さんは不思議そうに見つめている。

ああ、とうとう私は、『源氏物語』最初の巻の名付け親となってしまった。

あまり妃の住まいとして使われていないということは、式部さんがそこまで考えていたとは考えにくい。

私の一言が、「桐壺」という巻の名前を決めたのだ。

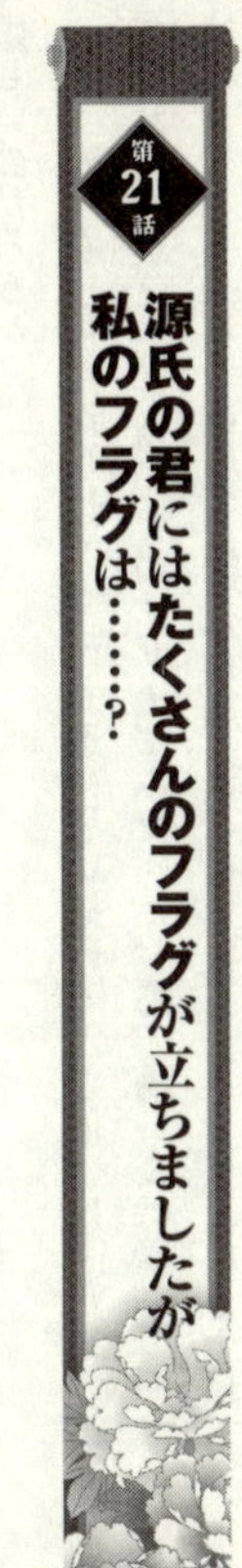

その後も私と式部さんは、時間が経つのも忘れるほど夢中になって『源氏の君の物語』の推敲を続けていった。

私が名付け親になってしまった、この「桐壺」の巻の山場のひとつと言えば、やはり源氏の君の母である桐壺更衣の死、そしてその遺児である主人公の臣籍降下である。他の妃たちからいじめられるほど愛された女性の産んだ子であっても、後ろ盾がないために皇太子にすることはおろか、「源氏」として臣下にせざるを得ない、という帝の苦しみ。そして、その主人公がこの時代の常識を覆すように、ハンデあり状態から出世して栄華を極めていくことを描けば、式部さんたちのような不遇をかこつ貴族たちの共感を得られるはずなのだ。

「こんなに愛していた桐壺更衣が早くに亡くなってしまって、その後この帝はかわいそうではないか？　俺が男だからそう思うのだろうか？」

この先の展開を、う～むと考えていた私に、式部さんが問いかける。

「そうですね、早く亡くなるからこそ読者の涙を誘うのであって、ここはかわいそうでなくてはならないところなんです。ここは、『君の肉体はなくなってしまったけれど、僕の心はいつまでも君の魂に寄り添っている。亡くなった君のことを、僕も死ぬまでずっと愛し続けるよ。なぜなら君は、僕にとっての赤い糸の相手、ソウルメイトなんだから』的な展開にするのが乙女の心をグッと摑む王道パターンなんですよね」

携帯小説などでは、〝いじめ〟〝出産〟〝若くして不治の病で亡くなる〟は、定番である。

「赤い糸……？　そうるめいと……？」

「あ、えと、前世からの約束のある相手ということです。これは、女子の永遠の憧れですよ」

たぶん、私のような妄想力の激しいオタクは一度ならず、何度でも「前世の恋人が迎えに来てくれる」という夢を思い描いたことがあるはずである。

「なるほど、おまえのいた未来でも、いまの世と同じく、仏教の輪廻転生の概念は常識だということか。よし、この〝前生の契り〟については、今後もたびたび使うことにしよう」

いやあ、現代では仏教っていうよりも、もっと軽い憧れ的な感じなんだけれども、と説明しようと思う暇もなく、式部さんはさっそくメモを取っている。

「では、亡くなった桐壺更衣の側から考えると、この後、帝がどのようなことをしてくれると嬉しいのだろうか？」

「う〜ん、女子視点から行くと。〝永遠に思い続ける〟の他には、黄泉の国まで追いかけて来てくれるとか？　『古事記』のイザナギみたいに。あ、醜い姿に驚いて帰っちゃうっていうのはナシで、ちゃんと黄泉比良坂から連れ帰ってくれるとキュンとしますね」

脳内で、黄泉の国の悪霊たちをバッタバッタと切り倒しながら助けに来てくれるヒーローを妄想する。が、これは平安時代の天皇のイメージではない。

「でも、そこまでいくと帝のキャラとはちょっとずれるのかも……？」

「では、白楽天の『長恨歌』を使うか。楊貴妃が亡くなった後、玄宗皇帝は幻術士を使って、楊貴妃の魂を仙界に捜しに行かせたという」

「うっわ～、いいです！　その展開はあり！　中華風ファンタジーは乙女のツボど真ん中！　えと、女子の心を鷲摑みです！」

……っていうか、それでまたひとつ物語ができちゃうじゃない！

私は興奮のあまり、思わず拳を握りしめながら力説してしまった。

「『たづねゆく　まぼろしもがな　つてにても　魂の在り処を　そこと知るべく』……桐壺更衣の魂を仙界まで捜しに行ってくれる幻術士が欲しいものよ。人づてにでも、愛する人の魂がそこにあるとわかるように。このような歌を帝に詠ませてみるとするか」

「いいと思います！」

私の妄想より、だいぶあっさりだが、ここも話を展開させすぎたら違う方向に向かってしまう。式部さんが即興で和歌を作る間に、私の脳内では美形の幻術士が弟子と共に仙界に分け入って、妖魔とバトルを始めていた。

「しかし、そうは言っても魂が還ってくるわけでもなし。帝がかわいそうだな」

　やはり、男性の心理は女性と違うのだろうか。亡くなっても愛し続けてほしいというのは、乙女のワガママなのか。私は、式部さんの意見と乙女のトキメキとの折衷案を考えてみる。

「では、桐壺の更衣そっくりの女性を後宮に入れませんか？　さらにこの女性は、主人公の源氏の君が憧れる継母……という展開はどうでしょう？　血の繋がらない家族、といったら、これもう恋愛が始まるフラグ……伏線ですから。継母、帝の妃への禁断の愛！　源氏の君と恋愛をする女性たちの側から見てみると、『私を通して誰か別の女性を見ているような気がするの。彼は本当に私を愛しているのかしら？　ああ、切ない……』的な展開に持っていけますしね」

　そう提案すると、式部さんはこれをいたく気に入ってくれたようだ。

「確かに、そういった人物ならば、今後も幅広く様々な展開に使えそうだ」

「あ、それと……。さっきの悪役キャラの女御。右大臣の娘で藤原氏ですし、現実だったら、こういう後ろ盾のある人物が皇后になりますよね？　業平や源融のような人たち……皇室に連なる人たちの恨みを晴らすには、この更衣そっくりさんは皇室の出でありながら帝に愛され皇后になる、という展開にしてみたらどうでしょう？」

「それはよい。ここ最近では、藤氏の娘が后となり、外戚が権力を持つことが当たり前だった。これで、物語の中でまたひとつ、むくわれぬ思いをしてきた御霊たちの鎮魂ができるわけだな」

「はい、その辺りを重要な点として描けば、帝が桐壺更衣から心変わりしたという印象も薄まると思うんです」

頷（うなず）きつつ、またメモを取ろうとしていた式部さんの筆がふいに止まった。

「どうしたのですか？」

式部さんは、御簾（みす）越しに空を見上げている。天高く昇っていた太陽は、いつの間にか西に傾き始めていた。式部さんは、手元が暗くなったため、筆を止めたのだろうか。

「すっかり時間が経つのを忘れてしまったが、そろそろ夕刻に近い」

式部さんが何を言っているのかわからず、

「夕飯の時間ですか？」

と問う。

「いや、男女が夜まで一緒（いっしょ）にいたら共寝（ともね）をしたと思われてしまう。誤解をされぬうちに、おまえは、そろそろ部屋に戻（もど）った方がよいだろう」

……え？

私は、朝、式部さんから歌をもらった時点で、夜も式部さんの部屋で過ごすことになるのかと思っていた。もちろん……いわゆる男女の仲までは想像していなかったが。まさか、夕刻で帰されるという紳士（しんし）的な対応をされてしまうだなんて。こちらは、別に誤解されたっていいぐらい思っているというのに。そんな、私の気持ちにはまったく気付いていないようだ。

今夜はこの邸（やしき）に、私と式部さんと二人きり。ゲームやマンガなら、絶対に何らかの進展がある状況だ。別に、二人の間に何かが起きるかも……なんて期待をしていたわけではない。それなのに、なんだか肩透かしをくらってしまったような気がするのはなぜだろう。

私は男性が苦手なはずなのに、式部さんとはもっと一緒にいたいと思っている。

なぜ？

自分でも自分の気持ちがよくわからない。私の大好物の妄想話を存分に楽しめたからもっと一緒にいたいと思っているのだろうか？

なんとなく寂しいモヤモヤとした気持ちを抱えつつ、表面上は、

「わかりました、では失礼いたします」

と言って、私は式部さんの部屋を後にした。


寂しさを感じながら部屋に戻った私は、せっかくの七夕なのだから何かサプライズを仕掛けて、今夜もう一度式部さんと逢うことはできないだろうか、と考えた。

七夕、つまり七月七日。

次の月蝕まであと八日しかない。国時さんの推論が正しければ、私はあとたった八日しか式部さんと一緒にいられないかもしれないのだ。あっさりと部屋から追い出されてしまったけれど、式部さんともっと一緒にいたいという自分の気持ちに正直になってみようと決めた。それに、あと少ししか一緒にいられないなら、思い出を作っておきたい。

私は、讃岐が夕餉の準備に部屋から出て行ったのを見て、近江に質問する。

「あの……七夕って笹に短冊を飾ったりしますか？」

「いえ、そのようなことはいたしませんが……、姫様のいらしたところでは、七夕には笹を飾るのですか？」

「はい、私のいた世界では、笹に紙の飾りや願い事を書いた短冊を掛けて、七夕の日を迎えるんです。笹って、手に入りますか？　それと……紙」

口にしてから、もしかしてこの時代の紙とはとても高価なのではないかということに気付く。笹はいい。私のいた現代よりも、よほど簡単に手に入るだろう。しかし、紙は未来のように機械で大量生産されているわけではない。

「紙……と言っても、いらない紙でいいんです。もし、あれば……なんですけれど」

「反古紙……書き損じの紙なら大量にあると思いますよ。なにしろ、他の邸に比べて、この家は紙と墨と書物が大量にある家ですからね。後ほど、持って参りましょう」

と、近江は微笑む。

「あと……一の君様に、後で部屋にいらしてくださいという和歌を贈ってください」

それを聞いた近江は、

「かしこまりました」

と笑みを浮かべたまま、御簾をくぐって簀子縁へと滑り出ていった。

そうか、この家は他の貴族の家に比べ、おそらく特殊な部類の家なのだ。要するに、未来で言うところのオタク部屋が三つあるような家といったところなのだろう。

　未来にも、本やマンガ、ゲーム、さらに画材やらフィギュアやらで溢れている家と、モデルルームかというぐらいシンプルに生活感なく暮らしている家の二種類がある。おそらく、式部さんのこの家は前者だ。まだ、紙が未来ほど大量にあるわけではないのでこの程度で済んでいるが、きっと式部さんが未来にいたら、部屋の壁全面が本棚で埋め尽くされ、さらに入りきらない本が床に山と積まれるに違いない。父君と惟規さんに関しては、紙と墨、書物は就職活動のために必要な大事な道具といった意味合いもあるだろう。

　そんなことを妄想しているうちに、近江が紙を持って戻って来てくれた。

「笹は、いま讃岐に言いつけて来ましたので、しばらくお待ちくださいませ。紙は、こちらでよろしいでしょうか？」

　私の目の前に置かれた紙は、確かに何かの書き損じらしい。ただ、既に何か文字が途中まで書かれてはいるものの、紙質自体は申し分ないほどの上質な和紙だった。機械がないから当然、手漉きであろう。ところどころで厚みが違うのも、また手漉きゆえの味があって、未来のすべて均一な厚さのツルツルした紙とは比べものにならないぐらい美しい。

「わあ、きれい！　これ、使っていいんですか？」

　私は思わず声を上げる。色も白一色ではない。全体に色が付けられた薄紙もあれば、紙の上に繊維のようなもので模様が付けられた紙、水の波紋のような模様が刷られた紙まである。平成の時代でこれだけ揃えるにはいったいどれぐらいの費用がかかるだろうかという代物だ。

　文字が全面に書かれてしまっている紙にしても、私には読めない文字なので、優雅な模様に見えなくもない。ただ、式部さんはもちろん、そう受け取ってはくれないだろうから、そういう部分は細かく裂いて、文字が見えないような飾りを作るか、裏が白ければ折り紙として使うことにした。この時代に折り紙の文化が成立しているかどうかはわからないが、とりあえず文字が裏にくるようにして、鶴を折っていく。

　そして、途中まで文字が書かれているだけで、大部分余白が残っている紙を、余白部分のみ切り取って願い事を書く短冊にすることにした。式部さんが書く綺麗で流れるようなこの時代の文字は、私には書けない。ただ、私の書く楷書の文字を式部さんが読むことはできるようなので、私は無理せず自分の字で願い事を書くことにした。

『式部さんの書いている物語が、左大臣様や中宮様に喜んでもらえますように』

『お父君の仕官が叶いますように』

『惟規さんが将来出世しますように』

　私は、お世話になったこの家の人たちの未来の繁栄を願う短冊を次々と書いていった。ただただ願うのは、式部さんがこれを見て喜んでくれること。そして、この家の優しい人たちの未来が明るく幸せに満ちたものになることだけだった。

第22話 式部さんとの七夕イベントは期間限定。一期一会ですか？

式部さんが私の部屋を訪れてくれたのは、太陽が西に沈み、空に一番星が見えてだいぶ時が経ってからだった。

「お誘いの和歌をありがとう」

と言いながら、御簾をめくり入って来る式部さんの衣服は、やはり先ほどと同じものである。七夕というイベントだからといって、わざわざ着替えたり、オシャレしたりということはしないようだ。

さらに、袖口で口元を隠しながら、式部さんは大きな欠伸をした。そういえば、昨日もあまり寝ないで物語を書いていたと言っていたし、その前はずっと絵を描いていたのだ。眠くないわけがない。

「大丈夫ですか？　お誘い迷惑でしたか？」

「いや、問題ない。先ほどのおまえの指摘ももう物語に反映させてもらった。父上に頼んで今夜の宴の折、左大臣様に届けていただくことになっている」

と、言いながらも再び欠伸をする。

よく見ると、袖口にはところどころ墨がついている。徹夜で絵を描いたり、小説を書いたり……というのは、確かに、私もよくやる。そして、オタク仲間も。

そんなオタクの日常の一コマである徹夜で原稿書きも、平安時代ともなるとこのように優雅な姿になるのか、と思わず感心しつつ見つめてしまった。それとも、これは式部さんだからだろうか。着崩れて皺だらけになった装束も、緩んだ襟元も、だらしないというよりはかえって艶めかしさを感じさせる。

「というわけで、遅くなって申し訳なかった。牽牛と織女の出逢いには間に合っただろうか」

「もちろん、大丈夫です。そんなお疲れのときに私こそ無理を言ってごめんなさい。未来の七夕の飾りつけを見てもらいたかったんです」

私は、部屋の隅、簀子縁寄りの御簾の近くに設えてもらった笹の七夕飾りを指さした。

「ふむ……いまの時代とは随分と違う楽しみ方をしているのだな。とはいえ、まだ七夕自体を楽しむ風習は残っているのか。それにしても、この飾りは見事な……」

式部さんは、笹の七夕飾りに近付いて、紙で折った鶴を手に取ってしげしげと眺めている。

「折り紙と言って、一枚の正方形の紙を折っていくことで、鶴の形ができあがるんです」

「なんと。これは、おまえの特技なのか？」

「いえ、私がいた時代の日本人なら、誰でもできるはずです。それこそ、子どもの頃に習いますから。私ができるようになったのは、4、5歳ぐらいだったと思います」

式部さんは、鶴を上から下から、様々な方向から眺めつつ、感嘆の声を漏らす。

「未来のこの国の民というのは、優秀なのだな」

たとえば、平成の世に千年後から未来人がやってきて、見たこともない道具や機械を見せられたとしたら、私もきっとこんな反応をするのだろうか。

「でも、……未来はいいことばかりではないかもしれません。この時代に来たときすぐに気付いたことですけれど、未来では見えないたくさんの星がこの時代では見えるのですね」

私は、視線を夜空へと向けた。半分に欠けた月が空高く昇っているので、星がはっきりと見えるとは言いがたい。それでも、天の川とおぼしき星の群れがはっきりと見えている。こんなことは、未来ではありえないことだ。

「月明かりの方がまばゆいが、これでも星が見えると？」

「はい。私がいた未来では、地上の灯りの方が強すぎて、夜中になっても都会……こういう都では星がほとんど見えないのです」

「地上の灯りが空の月や星よりも明るいというのが、まったく想像できないのだが……」

「そうですよね。私のいた未来では、夜でも部屋を昼間と同じぐらいの明るさに保つことが簡単にできるんです。そんな灯りを点けた家々が密集している場所では、地上が明るすぎて星はほとんど見えません」

そう、この時代に来て驚いたのは、夜の暗さだ。

しかし、これが正常な世界なのだろう。夜でも明々と輝くコンビニエンスストアの看板、自動販売機の灯り。最近では、一般家庭でも行う家が増えてきたクリスマス前のライトアップ。私たちのいた世界の方が、狂っていたのかもしれないと思う。

「星が見えずとも、それでも七夕自体は楽しむのか」

「はい、彦星と織り姫の物語自体は、やはり子どもの頃に教わりました。この時代の七夕ってどういうお祭りなんですか？　笹にこういった紙細工を飾ったりはしないんですか？」

「笹は使わぬな。もともと中国から伝来した乞功奠という儀式が朝廷で毎年行われている。また、最近では貴族の邸でも、それぞれに楽しんでいるようだ」

「きっこう……でん……？　具体的には、どのような儀式なんですか？」

「簡単に説明すると、果物や野菜、酒や神泉苑の蓮の花を供える。管弦や漢詩、和歌を楽しむが、大事なのは牽牛と織女の二星の出逢いを見ること。そして、縒り合わせた五色の糸を金銀の針、七本に通して楸の葉に刺した供物も重要だ。棚機津女とは、神のための神聖な御衣を織る女性だからな。女たちは、みなこの日に裁縫の上達を祈る。そういえば、おまえが作った飾りには、糸が使われていないようだが裁縫の上達を願うことは、未来まで伝わらなかったのか」

「あの、未来では、女性の誰もが裁縫をするわけではないんです」

「では、誰が着物を縫うのだ？」

「う～ん、それを仕事にしている人、ですね。それに、女性とは限りませんし……」

「仏の教えではいまが末法の世だと言うが、おまえに聞く千年後の世は極楽のような世に思えてくる。満ち足りているからおまえは、おのれの願い事を書かぬのか？」

式部さんは、私の書いた短冊に気が付いたようで、ひとつひとつじっくりと眺めている。

「俺たちのことを思ってくれるおまえのその優しさはとても有り難い。物語のことも含め、本当に感謝している」

「いえ、助けてもらったのは私の方ですから……」

面と向かって、あの冷たく厳しかった式部さんに礼を言われるのはとても嬉しいのだけれど、同時になぜかとても照れてしまう。

本当に、短冊に書いた願い事も私の本心からだし、この家の人たちの優しさに感謝しているのは私の方だ。物語のことと言っても、私にとっては一方的に萌えを吐き出しているだけにすぎず、こちらの方こそ感謝したいぐらいである。

そんなことをぼんやり考えていると、

「さあ、そろそろ星を見ようか」

と言って、式部さんは私の手を取る。そして、とまどう私の手を引いて御簾の外へと連れて行こうとした。

「え、え!?」

急に手を握られて、動転している私をよそに、相変わらず式部さんは涼しい顔で、

「ほら」

と、簀子縁に用意された角盥を指さした。

「俺たちは、ここに水を張って、その水に映る星を楽しむ」

「そ、そうなんですか……」

楽しむと言われましても、いま私は心臓がバクバクしておりまして、星を楽しめるような状態では……と思いながら、角盥の方へとにじり寄って行く。

「うわぁっ！ 綺麗！」

式部さんに促され、恐る恐る角盥の水を覗いた瞬間、私は星々の美しさに思わず驚嘆の声をあげた。水面に映る、プラネタリウムでしか見たことがないほどのたくさんの星に、ただただ圧倒されたのだ。まるで金粉を浮かべたように、水面がキラキラと光っていて、いったいどれが織り姫と彦星なのだろう、と考えてしまうぐらいだった。

そして、昔の人が〝天の川〟と名付けたことを、この水面を見てようやく理解する。本当に川としか表現できないほどに、細かな星々が散った帯が、夜空に浮かんでいるのだ。

「どれが……牽牛？ 織女は？ あれ？」

水面に映しているせいで、実際の目で見るのと逆になるため余計に混乱しながら、私は星空と水面とを見比べた。

「天の川の左側にひとつだけ明るい星があるだろう。あれが、牽牛だ」

角盥の水だと私が混乱すると思ったのか、夜空を指さしながら、式部さんは教えてくれた。

「そして、天の川の右岸、ひときわ明るく輝いているのが織女だ」

式部さんの説明でようやく二つの星を見つけられた私は、もうひとつ、牽牛、織女と同じぐらい明るい星が、天の川の中に浮島のように輝いているのを見つけた。

「式部さん、あの天の川の中の星は？」

「あれが、かささぎの橋だ。七夕の今日も、牽牛と織女は、天の川に隔てられているだろう。それを、かささぎが翼で橋を架けるから、二人は無事に逢うことができるのだ」

「あれが、かささぎの橋……」

私は国時さんの歌を思い出し、胸がチクリと少しだけ痛むのを感じた。でも、それよりも、私は式部さんとこの七夕の夜を過ごすことを選んだのだ。

そう思い直して、再び角盥の中の星たちを眺める。そういえば、この星の配置。確かにこの三つの星なら、都会でも夏に見上げたことがある。もしかして……。

「夏の大三角……」

そうだ、小学校か中学校か忘れたけれど、理科の時間に習ったような気がする。

「夏？　いまは秋だが……。未来では、そのようにこの三つの星が呼ばれるようになるのか」

「でも、ただ大三角と呼ぶより、牽牛と織女を逢わせるための橋だって考える方が素敵です」

「確かに。ああ、そういえば……」

式部さんは、突然、角盥の中に指先を入れて、牽牛と織女の中間辺りの水面をぐるぐるとかき回した。水の中の金粉たちは、形を失ってどれがどれだかわからなくなる。

「こうして、俺たちが二人の逢瀬を助けてやることもできるのだ」

と言って、式部さんは微笑んだ。いままでに見たことのない優しい微笑みだった。

「一年に一度ですけれど、無事に逢えましたね」

と、私も微笑みを返す。

ただ、微笑みながらチクリどころではない更に強い痛みを胸に感じた。錐で刺されるような。

「どうかしたか？」

式部さんが心配そうに私の顔を覗き込む。

私は……。私と式部さんは。

一年に一度すら、逢うことができなくなる。私が未来に帰ってしまったら。

そんな私の表情を誤解したのだろう。式部さんは、袂から一枚の葉を取り出し、

「これは梶の葉だ。俺たちの時代では、この葉に願い事を書くのだ。おまえも書くといい。〝元いた時代に無事帰れますように〟と」

そう言いながら、私に差し出した。

「梶の葉……これは、和歌に付けてくれた……」

朝、式部さんから届いた文に付けられていたのと同じ葉だった。

「憶えていたか、そうだ。天の川を渡る船の舵を取ってくれる葉なのだ。だから、おまえの願いも届くだろう」

――式部さんは私が帰っても、何とも思わないんですか……。

そんなふうに、聞いてみたいけれど、もちろん聞くことはできない。

それは、いまこの瞬間、私を気遣ってくれた彼の優しさを台無しにしてしまうことだ。

「ありがとうございます」

言いながら、私は梶の葉を受け取った。

でも、ここに願い事を書いたとしたら。そして、それが叶ったとしたら。

私は本当に嬉しいのだろうか。元の世界に戻れて嬉しいという感情しか浮かばないだろうか。

いまは。元の世界の両親にも会いたいけれど、式部さんとも離れたくはない。

それが相反する望みだということはわかっている。

それでも。

私と式部さんの間に横たわる千年という時は、天の川よりも深く遠い。そして、離ればなれになった私たちの間を渡してくれる、かささぎの橋も、渡し船の舵も存在しないのだ。

一年に一度でもいい、もし逢えるなら……。生まれて初めて、織り姫と彦星のことを羨ましいと感じた夜だった。

式部さんの代わりをするだけの簡単なお仕事です

自分が元いた世界に帰ることと、式部さんと物語を作ること。

これまで、私はこの二つの目標に向けて邁進してきた。

しかし、昨日の七夕の夜。本当にそれだけでよいのか、このまま帰ってしまって式部さんと二度と逢えなくなってもよいのかという、自分の心の奥底に潜んでいた気持ちと初めて向き合うこととなった。

いくら考えても答えなど出ない。

これがゲームなら……と、幾度考えたかわからない妄想を巡らせる。

たとえば、式部さんが現代について来てくれるハッピーエンドだって選べるかもしれない。

でも、それは私だけを中心に世界が回っている、とても傲慢なエンドでもある。

式部さんがいま、この時代から立ち去ってしまったら、「桐壺」の巻しか書かれていない『源氏物語』だけがここに残るわけで、きっと本来の歴史とは大きく異なってしまうだろう。

そんな分岐の先にある未来は、私が元いた世界とは違うのではないだろうか。

いや、式部さんのように歴史上重要な人物でなくとも。バタフライ・エフェクトのような現象は起きるのではないか。どんなに無名の人物であっても、千年前から現代へとやって来たら、生まれるはずだった子孫がこの世から消えて、未来に大きな影響が出てしまう可能性もある。

だから、歴史に影響を及ぼさないためには、式部さんとこのまま別れて現代へ戻るという選択肢を選ぶのが最善なのだろう。

そんなことを考えてなかなか寝付けなかったためか、鏡の中の私の顔はなんだか浮腫んでいて、目の周りは赤く腫れぼったい。こんな顔を式部さんに見られるのは嫌だなと思っていると、私の髪を梳きながら近江が、

「今日は、大殿が姫様をお呼びになっていらっしゃいます。朝食を召し上がりましたら、一の君とご一緒に、大殿のお部屋までいらっしゃるようにとのことです」

と、私に告げた。

大殿……、つまり式部さんのお父上のことだ。

式部さんだけならまだしも、私まで一緒にとはどういうことだろう。

「何のご用事なのでしょうか？」

「さあ、私はそこまでは……」

式部さんのお父上は、私のことをどこかの貴族の姫君だと信じているはずだ。

それなのに、男性の式部さんと、しかも女性と偽って暮らしているという大きな秘密を持つ式部さんと一緒に来るようにというのはどういうことだろう。

多少、不自然さは感じたものの、たいしたことではないだろうと私はその疑念を追いやった。

　しかし、この後、事態は急転することとなる。


　初めて会う式部さんの父上の前では、貴族の姫君を演じねばならないので、私は式部さんや父上など男性たちとは几帳を挟んで対面した。また、念のため、扇を開いて顔を隠す。

　上座に座る父上は、まずは式部さんに声を掛けた。

「そなたの書いた『源氏の君の物語』。七夕の宴の折に、左大臣様に献上して参った。さっそく目を通してくださったらしく、今朝方、左大臣様からお褒めの文をいただいた。天晴れじゃ」

「それは、それは。お褒めにあずかり何よりでございます、父上」

　と、式部さんは頭を下げる。今日は、初めて会ったときと同じ、女性の格好に戻ってしまっていた。私は式部さんの秘密を知らない前提なのだから、仕方ないことだろう。

「この藤氏が栄える世に、『源氏の君の物語』などお渡しして大丈夫なものかと心配したものだが……。そなたの言うように、〝鎮魂の物語〟であると伝えたところ、お喜びになってな」

「そうでございましょう。源氏である西宮左大臣が左遷された安和の変からまだ五十年も経ちません。藤氏としては、いまの中宮様が皇子をお産みになられ国母となられるためには、やはり怨霊は鎮めねばとお思いでしょうから」

　私には式部さんの話している事件が何のことかわからなかった。ただ、この前教えてもらった源融の事件以外にも、源氏が藤原氏によって地位を奪われた事件があったのだろう。

「本来ならば、御霊神社を建てるものを、物語で怨霊を慰撫するとは考えたものよ、とお褒めくださり……いや、まあ、この文をそなたにも読んでもらった方がよいだろう。先日、献上した絵合わせのための絵と共にたいそうな気に入りようだ。ただ、困ったことがひとつ……」

父上は複雑な表情を浮かべながら、式部さんに文を手渡した。

几帳越しに覗くと、式部さんは、その文に素早く目を走らせているようだ。最初は笑みを浮かべて読んでいた式部さんだが、その表情が途中で凍り付いた。

「父上……、これは……」

「そのままの意味だ。前々からお話をいただいていたであろう。中宮様のもとに出仕せよ、と。その期日が明らかになっただけだ。絵合わせのために献上した絵をお気に召してくださったおかげで、是非その絵合わせの夜から参内して欲しい、と。困ったことになったものじゃ」

式部さんの書いた物語は気に入られた、ここまではよい。しかし、具体的に〝女性として〟出仕せよという命も下ってしまったということだろうか。

「確かに、これまでは仕方なくいろいろと理由をつけて断ってきた。しかし、いまは断らずともよいのではないかと思ってな。そのう……、記憶を失った姫君にそなたの代わりに出仕してもらうのはどうかと思ったのじゃ」

「父上……、何を⁉」

式部さんは、急に声を荒らげる。

私は一瞬、何を言われているのかわからなかった。しかし、父上の言葉を自分の中で反芻してみる。〝記憶を失った姫君〟……。これは、私のことではないのか？

私が式部さんの身代わりとなって、中宮様のもとに出仕せよ、ということ？

本来、姫君がこういった場で発言してよいものかわからない。でも、答える前にきちんと事の次第を確認する必要があるだろう。私はいてもたってもいられず、何も知らぬ振りをして父上に対して声を掛けた。

「……あの……失礼ですが、一の姫様は出仕されるのに何か不都合がおありなのでしょうか」

「……ああ、そう、そうなのじゃ。実は、一の姫は身体が弱く小さな頃から病気ばかりしていてな……宮仕えが難しい身体なのじゃ。しかし左大臣様は時の人、ここまで気に入られた上で断れば我が家の未来はないに等しい。困ったことじゃ」

「父上！」

式部さんは怒気をはらんだ声を上げる。やはり、私に式部さんの身代わりを求めているのだ。身体が弱いということにしているが、父上が嘘を吐いているのは明らかだ。男性の式部さんだから、宮仕えができないというのが本当の理由だろう。

ここまでお世話になった家の窮地。できれば力になりたい。しかし、いつまで私は式部さんの身代わりを続ける必要があるのだろう？　現代の会社勤めやバイトとは違う。自分の都合で辞めますと言える職とは思えない。

「あの……その宮仕えは……だいたいどれぐらい続ける必要があるのでしょうか？」

「姫！」

式部さんが私を咎めるような声をあげる。

「もちろん、姫が記憶を取り戻されたら好きなときにご実家にお帰りになればいい。そうじゃ、中宮様のもとには、身元のしっかりした家柄の姫君ばかりが女房として出仕しているのだから、もしかしたら姫君の顔を覚えている女房もいるかもしれぬ。記憶を取り戻す手がかりが摑めるやもしれぬな」

式部さんは、先ほどよりさらに声を荒らげる。

「父上……、それは詭弁でしょう？　好きなときに実家に戻るなどできるわけがないではないですか！　……姫のことを気遣う振りをして、実はご自身の仕官のお話と引き替えなのではありませんか？」

「何を言うか。それに、姫君にとっても悪い話ではないはずだ。その『源氏の君の物語』だとて、そなた一人で書いたものではなく、姫君に手伝ってもらったという話ではないか。漢籍の素養も、惟規より上ではないかと聞いたぞ。そのような才のある者であれば、宮中でいくらでも出世が望めるはずだ」

「ああ……下手なことを言うのではなかった……」

式部さんは俯き、小声で呟いた後、もう一度顔を上げ、父上に反論を続けた。

「しかし、父上。中宮の女房というのは、公達に顔を見られてしまうやもしれぬ職。もし、姫君がやんごとないご身分であられたら、どうされるおつもりなのです？　三位以上の家柄でしたら、父上は仕官どころか後々叱責されることになりますぞ。それならば私が……」

「そのようなご身分の姫であれば、まずお妃教育をするのが当たり前。それが和歌より漢籍の方が得意とは、菅原氏や清原氏、大江氏など明経道や紀伝道を得意とする家の姫であろう。それなら、出仕して中宮様の家庭教師として出世された方が姫のためにもなる。記憶が戻っても、中宮様のもとに仕え続けたいと思うかもしれぬぞ」

「中宮様の家庭教師……？」

私は思わず声を上げてしまった。

「そうじゃ、これほど栄える職もあるまい。そして、あれほどの物語を紡ぎ出す姫であれば、造作もないことであろう」

〝造作もない〟と言うが、家庭教師といったら、やはり読み書きができないとまずいのではないか。現代の基準でしか判断できないが、教科書を読むことすらできない家庭教師など聞いたことがない。式部さんの力になりたいとは思う。しかし、この時代の文字の読み書きができない私に務まるだろうか……。

「いずれにせよ、もう左大臣様の中で決まってしまったことじゃ、覆すことはできまい。絵合わせは月蝕の日、十五日の夜。そこで絵合わせを盛り上げてくれる才ある女房をご所望だ」

そういえば、先ほども絵合わせの夜からと言っていた。

十五日の夜……、それは、私が現代に帰れるかもしれない日だ。

その月蝕の起きる瞬間に、時空に綻びが起きる一条戻橋ではなく、中宮様のすぐお傍にいなければならない仕事というわけか。

「それならば、私が中宮様のもとに……」

式部さんの声がさらに大きくなる。

「そなたでは無理だと何度も我が家で話し合ったことであろう。そして、ここまで何度も病弱だから何だかんだと理由を付けては、この話を断って来た。これ以上、断り続ければ儂が職に就けぬだけではすまぬ。そなたの弟も、一生、文章生止まりになるやもしれぬ。そなた、この家を潰すつもりか？　そのようなつもりであれば、あのような物語は書かぬであろう？」

「しかし……」

式部さんは父上に食い下がったが、

「話はこれで終わりじゃ。姫君、よろしく頼みますぞ。では、二人とも部屋に帰ってよい」

と退出を促されてしまった。

「……くっ」

式部さんの、無念そうな声が几帳越しに聞こえてきた。

第24話 式部さんの代わりをするだけの簡単なお仕事に立候補したいのですが……

大殿の部屋を辞した私は、そのまま式部さんの部屋に向かった。もちろん、先ほどの式部さんの父上からの話、中宮様のもとへの出仕の件について相談するためだ。

いまは危急のとき。文を送らずそのまま出向いても許されるだろう。式部さんの後を追うようにして、式部さんの部屋のある対屋へと進む。

同じぐらいに退去したはずなのに、既に式部さんの姿は渡り廊下にも見えない。この重い装束を普段から着慣れているためか、男性であるゆえか。私よりも歩くのが相当速いようだ。

息を切らしながら式部さんの部屋までたどり着いた私は、御簾の前で跪くと、部屋の内へと声を掛けた。

「香子です。先ほどのお話について相談したくて参りました。入ってもいいですか？」

「ああ」

部屋の中から予想以上に機嫌の悪そうな返事が聞こえて来る。

「失礼します」

と、私は御簾を片手で上げながら部屋の中へと入った。

式部さんは、いつもの文机の前に座っている。しかし、当然ながら物語を書くときのような楽しげな様子ではなく、両手を祈るように組んだ上に顎を乗せたまま眉間に皺を寄せて何か思案しているようだった。

「先ほどのお父上のお話ですが……月蝕の日に必ず帰れると決まったわけではないですし。今回の月蝕は見送って、父上のおっしゃるように私が式部さんの代わりに……」

恐る恐る声を掛ける。

「駄目だ！」

式部さんの厳しい声音に、私の言葉が遮られる。

あまりの剣幕に驚いたが、気を取り直して私は提案を続けた。

「でも、まさか、式部さんが女性の格好をして出仕するわけにも……。だって……、出仕したら中宮様とお話をしなければならないのでしょう？　いくらなんでも、声を出せば男性だとばれてしまいますよ」

一本取り返したとばかりに式部さんを見つめると、式部さんは咳払いをして、

「もちろん、先ほどのように声を荒らげたりはしない……しません。極力、高い声を出すつもりだ……です」

と、かみながら言う。

先ほどよりも、声のトーンが若干上がっている。意識して高い声を出し、女性のように丁寧

に話しているつもりなのだろうが、やはり成人男性。無理がある。

これまで、前越前守の娘として世間を騙し続けられたのは、この時代の貴族の習慣に助けられただけだろう。貴族の女性は、家から出ないし、顔を見せない。御簾の向こうに隠された存在だからこそごまかし続けられただけで、出仕となったらそうはいかないのではないか。

「式部さん、……中宮様の女房というのは、中宮様と話すだけなのですか？　他の人とも話す機会があるのではないですか？」

私はこの時代のことをそこまでよく知らないけれど、要するにメイドのようなものだろう。中宮様は当然そこで一番偉い女性となるわけだから、下々の者とは話さないはずだ。誰かが訪ねて来たときに中宮様に取り次ぐ役目もあるのではないかと予想して、そう尋ねた。

「まあ、他の女房たちとは話すだろうな」

式部さんは口を濁す。

「それだけですか？　外からやって来た人と中宮様は直接お話しなさるのですか？　お客様がいらしたら取り次ぐ役目もあるのではないですか？　そうしたら、声で男性とばれてしまう恐れもありますよね？」

「ああ、おまえは本当に聡くて困る。確かに、そういう役目もあろう。でもまだ日にちはあるし、できるだけ女性のように話せるよう練習をする。内気で無口だということにしてなるべく声を出さないという方法もある」

かなり無理のある言い訳だなと思う。

「式部さんが女性のように話せるようになるのと、私がこの時代のかな文字を覚えるのと、どちらが早いでしょうね」

私はいまは読み書きができない。しかし、覚えてしまえばいいだけだ。ひらがなだけでいい。

男性が女性の振りをするより、その方がよほど現実的ではないのか。

「だ、め、だ」

式部さんの声が再び刺々しくなる。

「どうして……？」

「おまえのことを待っている家族や友がいるだろう？　帰れる機会があるなら帰るべきだ」

ピシャリと言い放つその声は、拒絶にも感じられて私は愕然とする。

「式部さんは……、私が帰った方がいいんですか？　物語はこの先どうするのですか？」

「物語は、自分一人で何とかしてみる。もともと、俺の仕事におまえを巻き込んでしまったようなものだ」

物語作りでまで私の存在価値がなくなったら……。

「私がいなくなっても式部さんは……何とも思わないのですか？　もう二度と逢えなくても？」

私は言わなくてもいいことを口にした。乙女ゲームだったら選択肢を間違うことなどないのに、現実だとどうしていらないことを口走ってしまうのだろう。

「それは……」

式部さんが口ごもる。その答えを聞いたら、式部さんが私に対してどういった感情を抱いているかわかってしまうではないか。ゲームはここでエンドだ。

「ごめんなさい……言わなくていいです」

涙が溢れてくるのを見られたくなくて、私はそのまま背を向け、簀子縁へと滑り出た。

答えはまだ聞きたくない。私は、まだこのゲームを終わらせたくないのだ。

ここに……、いたい。式部さんとこのまま一緒に、いたい。

私は、こんなにも式部さんと離れがたくなっている。

自分のいた世界を手放すほどの思いかどうかまではまだわからない。

でも、月蝕や日蝕なんて、またやって来るではないか。それが一年先でも、三年先でもかまわない。

そう思うくらいには、私はこの時代を、式部さんを、好きになってしまっていたのだ。

式部さんの代わりをするだけの簡単なお仕事　準備編

その日の夕方。

「お帰りになったようですよ」

という近江の言葉に、私は我に返る。

「そのまま部屋にいらしてくださいとお返事はいただいておりますので、どうぞ。行ってらっしゃいませ」

お辞儀をしながら私を送り出す近江に礼を言いながら、私は惟規さんの住む対屋へと急いだ。

朝、式部さんとの話し合いが物別れに終わった後、私は居候部屋に戻ってしばらく泣いた。

しかし、ただ泣くだけでは事態は一歩も進展しない。

私は「式部さんの身代わりとして自分が中宮様のもとに出仕するとしたら何がまず必要か」を考えた。そして、家庭教師役として最低限必要なのは、この時代の文字の読み書きができることしかないという当たり前の結論に至ったのだ。ただ、それを式部さんに提案しても受け入れてはくれないだろう。私は惟規さんにお願いすることにした。

大学寮にいる昼のうち、近江に代筆を頼んだ手紙で事情は説明してある。また惟規さんからの返事では、部屋に直接伺ってよいとのことで、私はいまこの長い廊下を歩いているのだった。

「惟規さん、お帰りなさい。お疲れのところすみません」

私は、御簾越しにまず話しかける。

「ああ、香子さん。どうぞ部屋に入っていらしてください」

惟規さんの言葉に、私は「失礼します」と言いながら、御簾を片手で上げ部屋の中に入る。

「手紙でおおまかな内容は聞きましたが、それで兄上はご自身が女性として中宮様のもとに出仕するおつもりで？」

惟規さんにすすめられ私は部屋の中、惟規さんの正面に座った。

「そのようです。私は宮中でどのようなお仕事があるかわかりません。でも、他の方とお話しされたら、男性だとばれてしまうんじゃないかと思うのです」

「確かに香子さんの推察通りだと思います。だから、これまで父上も出仕の話をのらりくらりと躱してきたのですよ。でも、香子さんが身代わりになれるとわかったから……。我が父ながら本当に申し訳ない」

頭を深々と下げる惟規さんの前で私は必死に手を左右に振る。

「そんな、頭を上げてください、惟規さん！　それよりも、出仕が断れないとしたら、いますべきことはどのようにしてこの出仕の依頼という難題を乗り越えるかということです」

惟規さんはようやく頭を上げてくれた。

「それで、私も一日考えたのですが……。式部さんが男性だとばれてしまったら、とても大変なことになるのではないですか？」

私の知っている後宮の知識は、中華風ファンタジーだったりアラブ風ファンタジーだったりで、正しい知識とは言えないけれど、後宮と言えば男子禁制ではないかと思う。三国志の世界では、男性機能を切除して後宮に上がる「宦官」という人たちがいた……ぐらいは私でもなんとか知っているのである、ただしマンガで。

「後宮は、男子禁制ですよね？　日本では……中国のように宦官がいたりはしないのですか？」

私は、式部さんが男性だとばれて、宦官にされちゃう……なんてことがあったらと思い恐る恐る尋ねた。

「香子さんは本当に唐の国の事情にお詳しいのですね。確かに、唐の後宮では、男性は宦官しか立ち入れないと聞きます。ただ我が国はそこまで厳しくはないのですよ。後宮を、お妃様たちのお父君やご兄弟が訪れることもありますしね」

「では……」

ばれてもそんなに大事にはならないのか、とホッと胸を撫で下ろそうとしたところに、惟規さんの声が被さる。

「でも、女性と偽った男性が中宮様のすぐお傍に仕えていたとなったら話は別でしょうね」

「……え……?」

「中宮様への不義密通をたくらんだ不埒な輩として間違いなく罰せられるでしょう」

「だとしたら……ばれて罰せられてしまうかもしれないじゃないですか!? やはり、私が式部さんとして後宮に上がります!」

思わず興奮して立ち上がりながら、私は惟規さんに懇願した。

「あの……文字を教えて欲しいんです」

私は、なるべくおしとやかに、でも惟規さんの目を見つめながらお願いをした。この時代の女性は、こんなふうに男性の目を見つめて頼み事なんてしないのかもしれない。それでも、私の時代の常識では、頼み事をするときには相手の目を見つめて誠心誠意お願いするということが常識だ。

「十五日の夜に中宮様のもとに上がればよいと聞きました。ならばまだ、出仕するまでに約一週間の間があります。その間にひらがなだけでも……文字の読み書きを、憶えたいのです」

そこまで言って私は、深く頭を垂れた。

額を床につけたまましばらくじっとしていると、

「はあ……」

という、惟規さんの溜息が聞こえて来る。

やはり、無理……なのか？

「香子さんならそう言うだろうと思っていました」

「では……」

私は頭を上げる。

「誤解しないでください。私も兄上と同じ考えで、香子さんに元いた場所に帰っていただくのが一番だと思っています。我が家の都合で、ここにお引き留めするわけにはいかない、と」

惟規さんは、言いながら壁際の書棚をゴソゴソと探り、いくつかの巻物を手に戻って来た。

「しかし、その香子さんの思いに打たれたと申しましょうか……香子さんの頑張りには、本当にいつも頭が下がります」

「だって、これほどお世話になっているのですから……少しぐらい恩返しはしたいと思っているのです。ひらがな50文字憶えるぐらいならなんとか私でも……」

「50文字……？」

惟規さんは巻物を開きながら、私の顔をまじまじと見つめる。

「香子さんの世界では、かなは50文字しかないのですか？」

「あいうえおかきくけこ……50音ですよね……」

「あい……うえお……？」

「あ、この時代だと……いろはにほへと？」

る。


「いろ……は……？」

どうも、先ほどから惟規さんと私の間で文字についての認識が合致しないようだ。後宮についての話をしていたときよりも、二人の間の常識に開きがあるような気がして、恐る恐る尋ねる。

「まさかと思いますが……かなは50字以上あるのですか……？」

「はい」

即答だった。

「紙……いらない紙を貸していただけますか、あと……筆を」

「では、こちらに。この反古紙ならいいですよ。どうぞこちらをお使いください」

惟規さんが机の上に出してくれた紙と筆を使って、私は楷書で「あ」と書いた。

「この文字……、読んでいただいてもよいですか？」

一瞬の間の後、

「……あ……？」

と、惟規さんの答えが返って来る。ホッとした。

しかし、次の惟規さんの問いは、私を不安に陥れるに充分なものだった。

「他の〝あ〟を書いてみてもらえますか？」

「他の〝あ〟……って何ですか？　まさか、〝あ〟が他にもあるんですか……？」

惟規さんは当然のように、首を縦に振った。

第26話　式部さんの代わりをするだけの簡単なお仕事　手習い始めます

「他の〝あ〟……」

私は惟規さんの提案に、脳内の記憶をハイスピードで検索する。

そして、ふと気が付いた。惟規さんは、ただ「他の〝あ〟」と言っただけだ。ひらがなともカタカナとも言わなかった。と、すれば……。

「もしかして……これですか？」

私はおずおずと、

「ア」

と書いた紙を惟規さんに見せる。

平成に生きる私には、これぐらいしかもう選択肢がなかった。

「それは……、確かに〝あ〟ですけれど。ああ、香子さんは漢籍の方がお得意なのでしたよね。ただ、女性はあまり使わないかもしれません、その文字は……」

と、惟規さんは首を左右に振る。

「え？　どんなときに使うんですか？」

平成では、カタカナと言えば外国から入って来た物や外国人の名前に使われるのが一般的。他には、小説やマンガの中で擬音語に使われることが多いだろうか。

しかし、この時代、カタカナを当てるような西洋との国交はまだないだろう。擬音語も、式部さんが読んでくれた現在鋭意執筆中の『源氏物語』の中ではまだ使われていないようだった。

「漢籍や経文を読むときに、その横に読み方を記したり、送り仮名を記したりするのに使うことが多いので、女性が文の中で使うことは稀でしょうね」

「ああ……」

私は、教科書に載っていた漢文を思い出していた。確かに、あそこには漢字の右下に小さくカタカナで送り仮名が振られていた。ああいった使い方が一般的だということだろうか。

だとしたら、他の〝あ〟とは……？

「惟規さん、降参です。私には、その他に〝あ〟が思い浮かびません。他の〝あ〟を書いてみてもらえませんか？」

私は惟規さんの正面に来るように先ほどの紙をすべらせた。惟規さんは頷いて筆を取る。

「本来は一文字ずつかなを書くということはしないものですが、今回は特別に……」

と言いながら、私の書いた〝あ〟の横に三つ、文字を書き加えた。

おそらく、文字……なのだろう。私は見たことがないものだったが。

「これは……？」

「どれも〝あ〟です」

「え！　同じ〝あ〟なのに、他の書き方があるのですか？」

なぜそんな無駄なことをと思いながら私は惟規さんに問う。

「同じ〝あ〟ではありますが、同じではないと言いましょうか……。香子さんが書いてくださった〝あ〟は、〝安〟という漢字をもとに作られたかなです。そして、私がいま書いた〝あ〟は、それぞれ〝阿〟〝愛〟〝悪〟という字をもとにしたものです」

惟規さんは、説明しながらさらにかな文字の横に漢字を書き加えていく。

「確かに……、〝阿〟をもとにした字は、なんとなく右と左の部分、二つに分かれているなというのがわかります。〝悪〟をもとにした字も、一番下の部分が〝心〟という部首に見えなくもない……というか。でも〝愛〟をもとにした字は……」

私には、〝も〟だと言われた方がまだ近く感じる。正直言うと、〝悪〟をもとにしたという字の方も、〝あ〟というよりは〝え〟に近く見えるのだ。

「まさかこれが、どのひらがなでも……？」

私は恐れていた問いを口にした。

ひらがな50文字であれば、一日に10字憶えるつもりで臨めば、総仕上げの復習の日も設けられて完璧！　ぐらいに考えていた。しかし、予想していたよりもかなり文字数が多いのではないだろうか？

「はい、そうです。大抵、どの文字も三つから五つぐらい書き方はあります。でも、すべて合わせても二百には至らないと思いますので……、漢字の数に比べれば相当少ないわけですし、熱意ある香子さんであれば、確かに出仕までの間に憶えられるでしょう」

惟規さんは邪気のない瞳で、私を見つめて微笑んでいる。今更、計算違いでした、やめます、諦めますとは言えない雰囲気である。

「そ、そうなんですね……」

私は苦笑を浮かべるしかなかった。

「そして、これが手習いの手本なのですが……」

惟規さんは、先ほど書棚から持って来た巻物を広げて見せてくれた。

「わぁ、きれい！」

以前、貸してもらった絵巻物のように、繋がったかな文字の塊が、まるで計算されたように紙の上に散っている。現代の印刷された文字と違って、墨の色が濃いところと淡いところがあり、それがまた美しさを醸し出していて、文字が読めなくとも、まるできれいな絵を鑑賞するように見ることができた。

「まさか、これがお手本なのですか？」

小学校のときに文字を習った練習帳のように一字ずつ文字が分かれて書かれているものが手

本として出てくると予想していた私は驚きを隠せなかった。

「あいにく我が家には女性といえば亡くなった姉しかおらず、古い手本しか残されていなくて申し訳ないのですが」

「い、いえ……そういう意味ではなく……、古いと困るものですか？」

「文字の書き方にも流行がありましてね。あまりに古い手本で手習いをし、その手蹟のまま文のやりとりなどすると、『あそこの家の姫は、流行遅れだ。雅さが足りない』などと言われてしまうこともあるのです。ただ、我が家は紀伝道の家ですから、その辺りは『女性でもかな文字より漢籍なのだな』と思われる程度で済みそうですが」

「はあ、なるほど……」

私には新しいか古いかもわからないので、そのように答えるしかなかった。

「一文字ずつ書かれたお手本はないのでしょうか？　もっと小さな子が使うような……」

私は恐る恐る惟規さんに尋ねてみる。

「かな文字の場合は、この文字の連なりの美しさに意味がありますので、手本を見ながらそれを真似て書き写すという練習を幼い頃からしていくのですよ」

「連なり……ですか。ということは、これがもし一文字ずつ書かれていたとしたら……」

惟規さんは、首をひねる。おそらくそのようなものなど見たことがないからであろう。

「想像に過ぎませんが……もし一文字ずつ分かち書きされていたら、判読できない人がいる可能性もありますね」

　私の不安な表情を見て取ったせいだろうか、惟規さんが慌てたようにフォローする。

「大丈夫ですよ、香子さんほど聡明な方でいらっしゃれば、すぐに憶えられると思います。子どもたちもこれを繰り返し真似て書くことで誰でも読み書きができるようになるわけですし。これは誰もが使う有名な〝なにはづ〟の歌ですから、まずはこれで練習なさってみてください。他にも、手習い用の歌の手本をお貸しいたしますので、昼の間は近江に聞きながら手習いをしてみてください。私も毎日、帰宅したら必ず伺うようにいたします」

　そう言って、惟規さんはキラキラとした瞳を私の方に向ける。

　惟規さんから渡された巻物の重さは、実際の重量以上に感じられたが、純粋な敬意の目を向けられてしまうと、「できません」などとは口が裂けても言えなかった。

　翌日、朝から私が始めたのは、惟規さんから借りたお手本を参考に、自分専用のかな一覧表を作ることだった。

　なにしろ、惟規さんが貸してくれた手本を見ても、私には読むことができない。だから、それを真似て書くだけでは、その字の連なりをそっくり真似て書くことができるようになるだけであって、図を写しているのと大差ないのである。そのため、手本をもとに練習する前に、まずかな一覧表を作る必要性があったのだ。

近江に、いらない紙を用意してもらい、その紙にまずマス目を書いていく。そして、できたマス目の一番上の段には、私の知っているひらがなを書く。そして、その下のマス目にそのひらがなと同じ音だけれど違う字体のかなを書き込み、さらに各かなの下には小さく元になった漢字を書き込んでいくことにした。もちろん、私一人でその表を完成させることはできないので、ほとんど近江に作ってもらったようなものであるが。

元になった漢字自体、見たことがない文字もあり、さすがにすべて暗記はできないかもしれないと不安を覚えることもある。しかし、できるだけの準備をしておかなければ、この世話になった家の人たちに恥をかかせることになってしまうのだから……。いまは私にできることを精一杯やるしかない、と心に決めた。

一覧表を作り終えた後は、手本を近江に書写してもらってから、その写しの方に、私一人でも読めるよう小さくふりがなを振っていく。ここまでできてようやく、私一人で手習いをできる準備が整ったわけだ。朝から始め、すっかり日は傾き始めていた。

簀子縁を歩いて来る人の足音がする。

「香子さん、手習いは進んでいらっしゃいますか？」

大学寮から戻って来た惟規さんが様子を見に来てくれたようだ。御簾越しに声がかかる。

「はい、……どうぞ、お入りになってください」

そう答えると惟規さんは御簾の内へと滑り込んで来た。そして、私の机の上を見るなり、

「すごいですね！」

と、声を上げる。私が朝から先ほどまでかかってようやく作り上げたかな文字の一覧表と、ふりがな付きの手本を見て、驚いたようである。

「すみません……、昨日そのまま書き写して憶えるものだと教えてくださったのですが、私の頭が悪いせいでこのままだと憶えられなくて……」

と答える私に、惟規さんは責める素振りなど毛ほども見せず、

「いえ、これは名案ですよ！　確かにこのように整理しておけば、憶えやすいことでしょう。これは私たちにはまったく思いもよらぬ発想でした」

と、瞳を輝かせ純粋に褒めてくれた。

「最悪、憶えられなかったときは、こう隠して……」

私は、襟元に挟んだ畳紙の下に、かな文字一覧表を隠す振りをする。

「人目のなくなったところで開いて……辞書として使うこともできますからね」

「なるほど、それまた名案です！」

と、惟規さんは微笑んだ。どうやら、辞書はこの時代にも存在しているらしい。ただ、このかな文字一覧表が褒められるということは、まだかなの辞書というのは存在しないのであろう。

そして、私はその夜から、寝落ちするギリギリまで手習いをしてかな文字を憶える、そんな毎日を過ごすことになったのだった。

第27話 式部さんの代わりをするだけの簡単なお仕事、採用結果は……？

いよいよ明日は月蝕が起こるという日。

「姫様、本日の夕刻、安倍天文生様がこちらへいらっしゃるとのことです」

いつものように朝の身支度を調えてくれながら、近江が私に告げる。

「わかりました……」

と答えつつ、思わず溜息が漏れる。今日このタイミングで国時さんが来訪するということは、おそらく明日の月蝕についての相談があるのだろう。国時さんは、私が元の世界に戻るための手段をいろいろと画策してくれているに違いない。

そもそも相談を持ちかけたのは、私の方だ。しかし、明日。私は元の世界に帰るつもりはない。そのことを国時さんに告げねばならないのだ。そう思うと、自然と憂鬱な気分になる。

手習いはその後、ごく標準的な頭しか持ち合わせていない私にしては順調に進んだと言っていいだろう。すべてのかな文字を憶えきるのはさすがに無理があったが、ところどころ拾い読みできれば、そこから読めない文字を類推してなんとか文章の全体を想像することができるレベルまでには到達していた。書く場合にも、自分が憶えている文字を優先的に使用すればなんとかなるだろう。

ただ、誤算だったのが漢字である。式部さんや惟規さんの部屋にあった漢籍が、現代の私たちの書く文字に近く、一文字ずつ分かち書きされたものだったので、漢字はかな文字と違ってそのような書体で書くものだと思い込んでいた。

しかし、和歌や物語の中で漢字を使用する場合には、周りのかな文字の流れを崩さないように、これもまた流麗にくずした書体で漢字を書き入れないとならないのだ。そして、この和歌や物語の中に隠れた漢字を解読するのは、かな文字の解読よりもさらに難しかった。文字によっては、それが漢字なのか、その漢字を崩したかな文字なのかの判別が要求されるものもある。

漢字に難儀している私に近江は、そっとアドバイスをしてくれた。

「本来、我々女子は漢字を使わないものです。ですから、全部かな文字で和歌を書いたとしても咎められることはありませんよ」

「でも、他の方からいただいた文に漢字があったらどうすれば……」

「〝一〟という漢字すらわからない振りをしてしまえばよいのです。漢字が読めると賢い振りをするよりは、読めないと言ってしまった方が奥ゆかしい女性と受け取められますよ」

そういうものなのか。私は近江のアドバイス通り、「奥ゆかしい女性」を演じることに決め込んだ。いや、時間的にもうそれしか取れる戦略がないのである。

私は、国時さんが訪れるまでの間、最後の仕上げの手習いを続けた。

月蝕前の最後の日。そして、出仕前の最後の日。


御簾越しに射し込む日差しが、だいぶ翳ってきた。

夢中で手習いをしていたので、気付かなかったがもう夕刻に近いのだろう。

遠くから、渡殿を歩く足音が聞こえて来た。国時さんがもうやって来たのだろうか？　私は筆を置いて、御簾の傍まで近付いた。近付いて来る足音は、上品な国時さんに似合わず、ドスドスとわざと床板を踏みつけて歩いているように聞こえる。

「どうしたのですか？　国時さん……」

御簾をめくって簀子縁へと出た私は、その足音の主を見て一瞬言葉に詰まった。

「……式部……さん……」

顔には、いつにも増して厳しい表情を浮かべている。

私の目の前まで来た式部さんは、

「失礼する」

と言いながら、御簾の内へと滑り込んだ。

そのまま、私が先ほどまで手習いをしていた文机までドスドスと近寄って行く。

「これはどういうことだ？」

　文机の上から紙を一枚手に取って、ひらひらと顔の前で振る。

「え……どういうって……」

　私は戸惑って、うまく言い訳を紡ぐことができない。

「おまえは、明日、月蝕の時間に安倍天文生殿と一条戻橋へ行って、元の世界へ戻れるかどうかを試すのではなかったのか？　元の世界に戻れるかもしれないのに、なぜこんなことを？」

　式部さんは、先日私に帰ることをすすめた時以上に厳しい口調で咎め、冷たい視線を向ける。

「……だって……、私でも少しは役に立てるかもしれないって……私が式部さんの代わりに中宮様のもとに上がれば……」

「そんなことのために帰れるかもしれない絶好の機会をみすみす逃すというのか、おまえは？」

「そ、そんなことって……そんなふうに言うことないじゃないですか……」

　私の心の内からは、言い訳をしようという気持ちも次第に失せてくる。

「私は少しでも式部さんの役に立てたら……と。それに、物語のことも途中で放り投げるのは、気にかかりますし……」

「つまり……明日、帰る気はない、と言うのか？……」

　式部さんが、いつもより更に低い声で問う。

「式部さんが、中宮様のもとで男性だってばれて、このお家が大変なことになってしまうぐらいだったら……私、帰りません！　帰らないで、式部さんの代役を務めます！」

売り言葉に買い言葉。私は激しく式部さんに噛みついた。

パンッ！

乾いた音と共に、左の頰が熱くなる。

式部さんに頰を平手で叩かれたのだ……そう気付くのに、しばらくの時間が必要だった。

「どうして、おまえは……。そのような愚かなことを考えるんだ！」

愚か……？

「……式部さんと……もっと一緒にいたいから……」

滲む視界の中、式部さんが私に背を向ける。私から去って行く式部さんの向こうに、驚いた顔をして走って来る惟規さんと国時さんの姿が見えた。

国時さんは私に走り寄るなり、

「ああ、美しい撫でし子の君。大丈夫でございますか？　さあ、早く御簾の内に」

と、私をスマートにエスコートしてくれる。

惟規さんは、手を叩きながら近江を呼んで「水で濡らした布を至急」と指示しているようだ。

式部さんともっと一緒にいたい。口にした言葉は私の本心だった。

この間は、式部さんに怒られたけれど……でも、どこかで、式部さんもこの選択を一緒に喜んでくれるのではないかと期待している自分がいた。結果は惨敗。私の選んだ選択肢は「愚

か」だったのだろうか。

これは残留エンド失敗のフラグですか？

近江が、私の頬に濡らした布を当ててくれる。それは、現代の冷却シートに比べたらだいぶ生温かいものだけれど、惟規さんの優しさがじんわりと伝わって来るようで嬉しかった。

「氷が手に入ればいいのですけれど……我が家のような貧乏貴族、この残暑の季節に氷を手に入れる術などなくて……」

私の目の前で、惟規さんが申し訳なさそうに頭を下げる。

「いえ、そんなやめてください。これでも充分ですから！　ところで、惟規さん……なぜ式部さんが私の手習いのことを……」

言いかけたところで、惟規さんが先ほどよりも深く、勢いよく頭を下げた。

「申し訳ございません！　香子さんがあまりに頑張っていらっしゃるので、わ、私が……兄上に……、つい口を滑らせてしまって……兄上もお喜びになるかと思ったのです……」

なるほどそういうことかと合点がいった。

「すみません、私だけ話が見えないのですが状況を教えていただいてもよろしいでしょうか？このような愛らしい撫でし子の君に手を上げるなど、私には信じられませんよ！　しかも先ほどの男は確かこの邸の雑色か何かではありませんでしたか？」

一人だけこの流れを理解していない国時さんが、まるでイタリア男性のように首を振る。と言っても、あくまでもテレビなどで見るイタリア人のイメージでしかないが。

そういえば、式部さんは以前、国時さんの前ではこの邸に仕える者の振りをして、私を庇ってくれた。そのための勘違いだろうが、家の秘事であるため私の口から軽はずみに説明もできない。どのように答えたらよいかわからず、惟規さんの方を見る。

「ああ、安倍天文生殿、大変失礼いたしました。こうなっては我が家の秘密を天文生殿にはお伝えしなければなりません。世間的に我が家では一の君である兄が亡くなり、一の姫である姉が生きていることになっていますが……実は逆なのです。先ほど香子さんを叩いたのが私の兄である、一の君。しかし、兄のことを女性だと信じ切っている大臣から、中宮様のもとに出仕せよという命が下りまして……。秘密が露見しないためにと、香子さんは兄の身代わりとなって出仕しようと手習いをされていたのです」

「ということは……、元いた世界に戻らないご覚悟なのですか？」

国時さんは、さらに信じられないというように、目を見開く。

「ごめんなさい……国時さんには、あれほど親身になって相談に乗っていただいていたのに……直前になって帰らない準備を始めていただなんて……」

国時さんが、今度は複雑な表情を浮かべる。

当たり前だ。現代のように簡単に月蝕や日蝕の日付を調べられるコンピューターなどない時代、おそらく安倍の家に伝わる陰陽師としての技術を使って、計算をしてくれているのだろう。大変な苦労だったろうと思う。それなのに、この時代に残りたいだなんて、国時さんを裏切る行為をしていたのだ。

「ごめんなさい……」

私は、国時さんに向かって頭を垂れる。

「いえ、私は撫でし子の君が一番幸せになれるお手伝いができれば、それが私の幸せになると考えておりますよ。だから、どうか頭など下げないでください。……でも、先ほどの様子ですと、愛しい撫でし子の君のお優しい気持ちはあえなく踏みにじられてしまったということですか」

「まあ……そういうことになります、ね……」

「ああ、撫でし子の君の仏のような慈悲深いお心を踏みにじるとは、同じ男として解せませんが……しかし、この先のことを考えれば、元いらした世界に戻られた方が、やはり幸せになれるでしょうから……かえってよかったと考えるべきかもしれません」

それまで、口を一文字に結んでいた惟規さんが、意を決したように口を挟む。

「兄も……、本当は香子さんの努力が嬉しかったはずだと思います。私にとって母はおぼろげな記憶の中の存在でしかありません。でも、兄は物心ついてから、母、姉と亡くしていますから、家族と永遠に別れることの辛さ、身をもって知っているはずだと思うのです。だから、香子さんが今後、ご家族と会えなくなってしまったら……そのとき、香子さんやそのご家族がどんなに悲しまれるだろうかと……そういったことを心配されたと思うのです」

惟規さんの振り絞るような言葉に、私はまだゲーム感覚が抜けていなかったのかもしれない、とあらためて考えさせられた。

確かに、家族ともう二度と会えなくなるのは悲しい。

でも、いままでプレイしてきた乙女ゲームで、タイムスリップした主人公はどうなった？ ハッピーエンドでは、タイムスリップした先に残留するエンディングと現代に帰還するエンディングの2パターンあることが多い。そして、そもそも恋愛を達成することが目的のゲームなのだから、たとえ主人公がタイムスリップした先に残留して恋愛を選んだとしても、それは絶対的なハッピーエンドであって、元いた時代の家族や友人を思い起こすことはないのである。

私は……、漠然とそんなエンディングを期待していたのではないか？

そもそも、タイムスリップや異世界に転移する主人公を中心としたゲームの場合、そのストーリーに必要がなければ主人公の家族や友人など絡んでは来ない。しかし、これは現実。私が戻らないことを選んでしまった時間軸の先では、私が修学旅行先で行方不明になったとして、学校側は大変なことになるだろうし、警察にも届けが出されるだろう。

「国時さん……せっかく帰れるかもしれない日時を調べてくださったのに……それを無駄にするようなことをして、ごめんなさい。明日は……何時に一条戻橋へ行けばよいのでしょうか？」

私は溢れる涙をこらえながら、国時さんに尋ねる。

「撫でし子の君……どうか、涙を拭いてください。明日の月蝕は子の刻少し前から欠け始めるはずです。念のため、亥の刻にお迎えに上がりましょう」

国時さんは、私の片手を取りながら紳士的に微笑んだ。


翌日。そして、いよいよ月蝕の当日。

目醒めた私の目元は案の定、涙を流し過ぎたために瞼が腫れ上がっていた。式部さんにはたかれた左頬も心なしか腫れている。

でも、帰る前にもう一度……できれば式部さんに逢いたかった。

近江がまた用意してくれた濡れた布で、瞼と頬を冷やしながら、私は尋ねる。

「帰る前に……もう一度、式部さんにご挨拶できるでしょうか……？」

これは、私の未練でしかない。それは重々承知している。それでも……、もう二度とこの先逢うことが叶わないのなら……最後に一目だけでも逢っておきたかった。

「一の君様も、出仕ということで今日は朝からお支度でお忙しく、讃岐が付きっきりで準備をしていますゝ。それに、普通の出仕とは違って、女性に見えないとなりませんから……きっとお支度は入念にされているはずです。私も後ほど支度に加わりますが……」

「そうですよね……」

私は近江の返答に、わかってはいたが溜息を吐く。

「ですから、私が参るとき一緒に……御簾越しにそっと覗いてみてはいかがでしょうか？」

覗き……というのは、少しばかり罪悪感で胸が痛んだが、今日は本当に最後なのだ。私は近江の提案にコクリと頷いた。

御簾越しにそっと覗くと言っても、簀子縁にぼうっと立っていたら見つかってしまう。

私は、装束の裾を端折って庭へと降りた。式部さんの部屋の正面辺り。こんもりと茂った雑草の陰に隠れ、式部さんの様子を窺う。近江が部屋に入るタイミングで、捲られた御簾の隙間からチラリと式部さんの姿を見ることができた。

中宮様という身分の高い女性のもとに出仕するということで、いつもより豪勢な衣装を身につけているようだ。私がこの世界にやって来たときに身につけていた装束と同じように、腰には裳を付けている。これを付けるのが、正式な女房装束ということらしい。

遠くから見た式部さんはいつもより綺麗だ。

喋らなければ……きっと、男性だとばれることはないだろう。私などよりよほど美しいのだから……。

一瞬、風で御簾が大きく捲れた。

髪を整えてもらっている最中の式部さんと、目が合ったような気がした。

しかし、それは私の思い込みかもしれない……。

私は、式部さんに一言も別れの挨拶を告げられなかったことに肩を落としながら、間借りしている対屋へと戻った。

あとは……。夜に国時さんの訪れを待つばかりである。

亥の刻。国時さんは約束通り、私のことを迎えに訪れてくれた。

とはいえ、私自身まだ、亥の刻というのが、だいたい何時頃を指すのか漠然としかわかっていない。

「草木も眠る丑三つ時」なんて言葉が現代にもあるので、丑の刻は真夜中の二時ぐらい、子の刻はそれよりも前、亥の刻はさらにそれよりも前だから、日付が変わらない辺りなんだろうな、と推測するばかりである。

私は国時さんに促され、近江と共に牛車へと乗り込んだ。

国時さんは、今日は馬に乗っている。貴族とその警護の武士辺りを装うのだろうか。

間もなく牛車が門を出るというときになって、惟規さんが必死の形相で走って来た。

牛車の後ろに垂れる御簾越しに、私へと声をかけてくる。

「香子さん……」

息を切らしながら、でも、御簾越しに私をしっかりと見据えているのがその気配からわかった。

「私はあなたに出逢えて……幸せでした。あなたと過ごした日々は一生忘れません……。どうか、これを形見と思ってお持ちくださいませ」

牛車の御簾の下、隙間から惟規さんは手を伸ばし、私の手に扇を握らせてくれる。扇を受け取るその瞬間、惟規さんの震えた指が私の指先に触れた。

「私こそ……惟規さんに拾っていただけなかったら……きっと、この世界に来てすぐに命を落としていたと思います。私も……」

思わず涙が溢れて言葉に詰まる。

「絶対に惟規さんのこと……忘れません。ありがとうございました」

そのとき、牛車の後ろの御簾が捲られた。

「惟規さん……？」

惟規さんの両腕が私の身体をしっかりと抱きしめる。

「本当は帰したくない……帰したくないんです、香子さんを。元の世界に帰った方が、香子さんにとっては幸せだってわかっているのに。私は兄上のように怒れない……むしろ……いまも……上手く帰れなければいいだなんて不吉なことを思っている。そんな自分がまるで幼子のようで恥ずかしいんですけど」

「惟規さん……」

私を抱きしめる惟規さんの腕にさらに力が入る。惟規さんの気持ちは確かに嬉しい……でも。

「ありがとうございます。惟規さんにお逢いできて……良かったです」

私の答えを聞いた惟規さんは、私からそっと身体を離す。

「上手く帰れなければいいなんて……嘘です、香子さん。無事、帰れることを祈っています」

惟規さんは何とか笑顔を作ろうとしているように見える。でも、泣いているのか笑っているのかわからない、くしゃくしゃの表情だった。

「それでは参りますよ、我が君……一条戻橋へ」

涙を袖で拭いながら、私は、

「はい」

と、国時さんに答える。

「よろしくお願いします」

牛車は、門からゆっくりと滑り出した。

一条戻橋は、堀川(ほりかわ)を渡(わた)る橋として一条大路に架(か)けられた橋である。

だいぶデザインは変わってしまったが、現代の京都にも残っていた有名な橋だ。晴明(せいめい)神社……つまり、国時さんや安倍晴明の住む邸(やしき)もこのすぐ近く、一条にある。

いよいよ……もう間もなく、月蝕(げっしょく)の時間がやって来る。

もちろん、この月蝕で私が元の世界に帰れるという保証はない。もしかすると、タイムスリップした日と同じように日蝕という条件でないと帰れないのかもしれないし、そもそも日蝕も月蝕も時空の歪(ゆが)みに関係ないのかもしれない。

まずは、それを確かめる……。私自身は、そんな気持ちで一条戻橋を眺(なが)めていた。

もちろん、それはこの時代に、式部さんに、心残りがあったためである。

月が欠け始める前は、満月のため月明かりだけで随分(ずいぶん)と道は明るい。牛車を守る従者や牛飼い童(わらわ)たちが松明(たいまつ)を手にしてはいるが、松明の灯(あか)りなどなくとも橋の全貌(ぜんぼう)を確認(かくにん)できるほどだ。

これは、私がこの時代の暗さに慣れたせいかもしれない。

牛車の中から、一条戻橋と月の様子を交互(こうご)に見つめる私のもとに、馬に乗った国時さんが近付いて来た。

「撫でし子の君」

牛車の横についている窓の部分から、馬に乗ったまま国時さんが話しかけてくる。

「何か変化がありましたか？　空間に歪みが？」

「いえ……あの、もう少し、この物見窓にお顔を近づけていただけませんか？　周りに聞かれたくないものですから」

何だろう？　陰陽師として、従者たちには知られたくない術の話でもあるのだろうか……。不思議に思いながらも、私は言われるがままに物見窓へと顔を寄せる。

「これでよいですか？」

「はい。小さな声で言います。撫でし子の君も小声で……周りに聞こえないように答えてください。私には飾る必要も我慢する必要もありません、どうか本心をお聞かせ願いたいのです」

ますます訝しく思いながら、私は国時さんの言葉の先を促す。

「わかりました、質問は何ですか？」

「……もし、この先時空の歪みが生じたとして……あなたの幸せは元いた世界にありますか？」

「え……？」

「私には、撫でし子の君のいた未来が、どのような世界なのか皆目見当がつきません。しかし、きっといまの時代よりは、暮らしやすい世界になっていることでしょう。それでも……そんな世界に帰ることをやめてでも……身代わりとして中宮様のもとに出仕されることを望まれるのであれば……それは、それ相当の覚悟かと思います。私は愛しい撫でし子の君にとって最善の道を切り拓いて差し上げたいのです」

「国時さん……でも……」

「いまなら間に合います。近江」

国時さんは、物見窓から近江へと声を掛ける。

近江はしたり顔で、漆塗りの箱を私の前へと差し出した。

「これは、化粧箱でございます。もし、姫様がここで中宮様のもとに出仕されることを選ばれるのであれば……この近江が持てる技術の粋を尽くして、出仕するにふさわしい身支度を調えて差し上げとうございます」

「近江……国時さん……」

私は、またも溢れて来る涙を抑えることができない。

「でも……でも、私は昨日、あのように拒絶されていますし……」

「私が何度も申し上げていること、そして文章生殿が先ほどおっしゃっていたこと、撫でし子の君はお忘れですか？」

「……？」

「私も文章生殿も、本当はあなたを……撫でし子の君を帰したくはないのです。私はこのように女性との戯れが大好きですから、何度でも『ああ、帰したくない我が君、愛しい撫でし子の君よ、どうか私の腕の中にずっといてください』と睦言を囁くことができますよ。しかし……」

「しかし……？」

「昨日の文章生殿のお話によれば、一の君殿はずっと女性の振りをして暮らし、私のように女性と交流することはいままでなかったのでしょう。そうではないですか、近江？」

「ええ、確かにそうでございます」

「このように申し上げるのは、一の君殿に対して失礼かもしれませんが……ならば、好きな女性に好きと素直に言えずとも不思議はありません。昨日、あのように怒られたのは、私や文章生殿と同じく、元いた世界に撫でし子の君が帰ることこそが幸せと思ったからではないですか？　そして、真剣に相手のことを思えば思うほど……相手の一番の幸せを選択するものなのですよ。いまの私のようにね」

なぜ、この時代の人たちは、このように優しいのだろう……。

この優しい人たちを友と呼べたなら……。私は、再び滲みそうになる涙をこらえながら、

「近江……国時さん、いまからでも……間に合いますか？」

と、問いかけた。

「もちろん、まだ時間はありますよ、撫でし子の君」

私は、父の顔、母の顔、田舎の祖母の顔、隣の家の優しいおばさんの顔、数少ない学校の友人たちの顔を一人ひとり思い浮かべる。

心の中で、もしかしたらもう二度と元いた世界に戻れないかもしれないという覚悟を決めた。

——お父さん、お母さん、ごめんなさい……。

祈るように両手を合わせ、自分を産み育ててくれた両親に詫びる。

そして、

「近江、国時さん……お願いします！」

と、二人に元の時代へと帰る手伝いではなく、出仕の準備の手伝いを依頼したのだった。


近江によって施された化粧は現代の美的感覚ではおよそ美しいとは言えないもの。

顔面は白塗り、眉は剃り落として額の中央に丸く描き、鮮やかな朱色の紅を差し、その口中に隠れた歯はすべて黒く塗り潰されている。

「こ、こんな顔で……大丈夫ですか？」

不安を覚えて口走ると、

「大丈夫ですよ、大変お美しうございます」

「麗しの撫でし子の君……ああ、後宮などにやらず私の手の中に永遠に閉じ込めてしまいたい」

　と、近江と国時さんがべた褒めしてくれる。ということは、この時代的にはこれが美女のメイクなのだろう。

「ところで……国時さん、間に合いますか？」

「大丈夫ですよ、実は現在、内裏は火事で焼失しており、この一条戻橋の近くの一条院が里内裏として使用されているのです。式部殿の邸は一条でも都の最東端。ここより遠いですから……式部殿が一条院に入られる前に入れ替わりますよ！　さあ、撫でし子の君、こちらへどうぞ」

　国時さんは馬首を返して、牛車の後ろ側へと回る。いったん、馬から降りると私を抱き上げるようにして、馬へと乗せてくれた。そして、私の後ろに国時さんが座る。

「しっかりと摑まっていてください。少し飛ばします。舌を嚙むといけませんから、口は閉じておいてくださいね」

　言い終わると、国時さんは馬にムチを当てる。馬は勢いよく走り出した。

　相当走るのかと思っていたが、一条戻橋から一条院までの道のりはほんの一瞬だった。あまりに近づきすぎると怪しまれるからか、その手前辺りで国時さんは馬を止める。

「一条大路を、大宮大路に向けてほんの少し走っただけですから」

　国時さんの説明を聞いても、まだこの都の地理を把握していない私にはよくわからなかったが、式部さんの邸から一条戻橋まで、あるいは一条院までの道のりよりは、私たちがいま来たルートの方が近いのは確かだ。現代的に説明するなら、式部さんの邸からはバスかタクシーで移動しないと無理な距離だが、一条戻橋から一条院は現代の服装であれば余裕で歩ける距離なのである。

里内裏の方に向けて、いくつかの牛車が向かっている。

「こんな遅い時間なのに、牛車がたくさん……」

「おそらく、中宮様の絵合わせに呼ばれた貴族たちでしょう」

中宮様の絵合わせということで、普段は邸から出ない深窓の姫君も数多く呼ばれているのだろうか。

「これは間違えて声を掛けたら大変なことになりますね」

「大丈夫ですか……?」

「ええ、明らかに豪勢な牛車は、大臣家など上の品の方たちの車でしょう」

式部さんの家が貧乏なのが、こんなところで役立つとは。

「来ました……あの牛車ではないでしょうか」

鴨川側、つまり東側から一台の牛車が近付いて来る。身分の高い貴族が乗るにしては質素な牛車、そして随身の数も大貴族とは比べものにならない。

先ほどまで行き来していた牛車の中には大行列を引き連れていた車もあった。しかし、この牛車に付き従っているのは牛を御す童と、松明を手にした大人、二人のみ。きっと、昼間近くで見たら、車輪の辺りの塗りがはげているのがわかるかもしれない。

国時さんは再び、両足で馬の腹を蹴った。

そのまま、その地味な牛車へと近付いて行く。

「何やつ？」

牛車の傍の松明を持った男が刀に手を掛け、国時さんに警戒を露わにしたところで、

「式部殿！　香子殿を連れて参りました！」

と、国時さんはわざと牛車内に声が聞こえるように呼びかける。

牛車の物見窓が開いた。

「いったい何を……」

言いながら、式部さんの視線が馬上の私に留まる。

「式部殿、撫でし子の君のこの装束をよくご覧ください。撫でし子の君のご覚悟はそれ相応のものと見受けられます。私が一番に望むのは、『撫でし子の君を無事に元の世界に送り返すこと』ではなく、『撫でし子の君が一番幸せを感じられる手助けをすること』なのです。次の月蝕や日蝕の日にちなら、いくらでも私が計算しましょう。だから、式部殿……この聡明で美しい、撫でし子の君の申し出を邪険にしないで……一度きちんと話を聞いて差し上げて欲しいのです」

式部さんとこんな近くでまた逢えたことが嬉しいのか……、それとも国時さんの優しさが嬉しいのか……。私は溢れる涙を止めることができなかった。

しかし、せっかく綺麗に塗ってもらった白粉がはげては困るので、零れる涙が頬に落ちる前に畳紙ですべて拭う。

「おまえは……」

式部さんは驚いた表情のまま固まっている。

「元の世界に帰るんじゃなかったのか」

また怒られる……と私は身をすくめる。

「だからそう怒らずに……女人の話はきちんと聞いて差し上げるものですよ」

言いながら国時さんは、私を馬上から抱き下ろし、後ろの御簾を捲ると式部さんの乗っていた牛車へと押し込んだ。

私は思わずよろけて、式部さんの胸元にダイブする形になってしまう。

「ご、ごめんなさい……あの……でも……」

怖くて顔を見ることはできない。式部さんの胸元に顔を埋めたまま、私は式部さんに話しかけた。

「私は……いったん帰ろうとしました。すべてを諦めて……元の世界に帰ろうと……一条戻橋までは連れて行ってもらったんです。でも……どうしても式部さんのために……いや、そうではなくて、私が、式部さんと……離れたくなかったんです！」

式部さんの胸元に抱き留められたまま、私は思いのたけを式部さんに告げる。

式部さんが私を支えている腕に力が込められた気がした。しかし、返事はない。

「まだ……帰れと言いますか？　怒っていますか？　でも……帰ることになるにしても、これだけは伝えておきたくて」

突然、聞いたことのない笑い声が降ってくる。

「ハハ、初めてだ……」

私は、「何が？」と式部さんの顔を見上げた。

「牛車に飛び込んで来られるのも初めてだし……こんなふうに直接、はっきりと女性から気持ちを告げられるなんて。初めてで……正直どうしていいか、どう答えていいかわからない……」

「あ、ごめんなさい！　……ダメ……でしたか？　ダメ……ですよね」

最初は、先ほどの国時さんの説明が頭に浮かんで、女性とあまり話したことがないから、という意味かと勘違いした。しかし、少し考えを巡らせてみて、そうだ、この時代は……すべて歌に乗せて思いを告げるのだということを思い出した。それも、恋の歌なのかどうかもわからないぐらいにぼかした表現の歌が多い。

ということは……、どう答えていいかわからないって……玉砕……？

「ごめんなさい……ああ、でも和歌のひとつも私にはまだ詠めなくて……こんな不粋な言い方しか……」

「ダメだなんて誰が言った？　責めているのではない」

これまでとは違う優しい声色で式部さんは答えた。

「それがこんなにも心地よいものだとは、いままで俺が気が付かなかっただけだ。さすがお転婆姫だ」

私は男性の姿をした式部さんと初めて出逢ったときのことを思い出していた。

あのときも、猫を追いかけていて式部さんの部屋に飛び込んでしまった。そして、告白まで馬から牛車に飛び込んでだなんて……きっとこの時代の女性なら絶対しないことだろう。

それでも……式部さんは、私の左頬を優しく撫でる。

「この前は申し訳なかった。女性の顔を叩くなど……。おまえは……元いた世界に帰る方が幸せだと勝手に思っていたのだ」

言いながら、式部さんは懐の畳紙で自分の顔を拭う。紅、白粉をすべて拭き取っていった。

そして、「ああ、邪魔だ」と言いながら、髪に付けた髢もはずしてしまう。

「この格好でおまえの言葉に応えるのは、自分でも嫌なのだ」

言いながら、腰に付けられた裳もはずす。

「できれば、邸に帰って男の装束に着替えて、きちんとおまえと話をしたい。しかし、俺の代わりに中宮様のもとに上がってくれるのだろう。だとしたら、残念だが……いまはゆっくりと話している時間はない」

どういう意味だろうか、と小首を傾げる。すると、式部さんは私を抱き留める手にもう一度、力を込めた。そして、その手で優しく髪を撫でる。

「このようなこと……こんな格好の俺にされたくはないだろう」

私は首を横に振る。

「俺が嫌なのだ……こんな格好で……女性と戯れるのは」

そう言って、式部さんは恥ずかしそうにプイと横を向いてしまう。

「今度……きちんと男の装束を着て、宮中のおまえの局に忍んで行くからな。その日を……待っていてくれるか？」

横を向いたまま、式部さんは私に問う。

「……はい、……はい……いつまでも、待っています」

私は何度も何度も頷いた。

「じゃあ、今日のところは行って来い」

式部さんは、きちんと私の顔を見つめる。

「俺の……身代わりのお転婆姫」

私の髪を手に取り、髢ではない部分にそっと唇を付けた。

その夜、私は中宮様のもとへと上がった。

「藤式部でございます」

火事によって仕方なく里内裏に住んでいると聞いていたからどんなに小さく質素なお邸なのだろうと想像して上がったのだが……。

一条院の邸内は、式部さんのお邸にあった調度品とは段違い、美しい屏風や几帳がぐるりと中宮様の周りを取り囲んでいる。

「苦しうない、面を上げよ」

そう私に告げる中宮様の声は、予想していたより幼く可憐だった。

恐る恐る顔を上げると、そこには私よりも明らかに年下で、少女にしか見えない中宮様が微笑んでいた。

「そなたが、あの『光る君の物語』を書いてくれた藤式部か。そなたに会うことを楽しみに待っていたぞ。絵合わせでは、『光る君の物語』のような楽しい話を聞かせてくれ。また、そちは、唐の国の物語に詳しいと聞いた。今宵は、月蝕で不吉な夜であるが、そんな気鬱が晴れるような、面白い外国の話をしてたもれ」

まるで、幼子が絵本を読んでとせがむような表情の中宮様に、

「かしこまりました。それでは、絵合わせの後にでも、『三国志』の中の恋のお話をいたしま

しょう」

と言って、私は微笑んだ。

私は、式部さんの身代わり姫(ひめ)。私は、式部さんと二人で一人。

中宮彰子(しょうし)様の女房(にょうぼう)、藤式部となったのだ。

終章

「式部殿、『源氏の君の物語』の続きはいつ読めるのでしょうなあ、私は続きが気になって気になって」

「……あ、はあ……まあ……」

御簾越しに馴れ馴れしく声を掛けてくる男に、私は曖昧な答えをする。

「しかし、まずは中宮様、そしてお主上、左大臣が読まれるのが先でしょうからな」

馴れ馴れしい男の横に座っていた別の男が口を挟む。

「とはいえ、お主上や大臣まで夢中になられるとは……。男は物語など読んでも読まぬ振りをしておりましたが、我々も堂々と式部殿の物語に夢中になることができて有り難いこと」

「……あ、あ、ありがとうございます……」

「これほど皆に褒められても、高飛車になることなく、いつまでも謙虚で奥ゆかしいそのお人柄も、心惹かれるものですな」

ああこれ以上何て答えようと困っていたところに、後ろから声が掛かる。

「藤式部、中宮様がお呼びです」

同僚の女房の声だ。

「あ、ただいま参ります。……では、皆さんこの辺で……」

端近を離れ、中宮様の御座所に向かおうとすると、先ほど私を呼んだ女房が再び近付いて来て、耳元で囁いた。

「中宮様がお呼びというのは嘘よ。局に……男性が忍んでいらしているわ」

「え……!? あ、ありがとうございます!」

「まったく……、奥ゆかしいとか言われているけど、しっかり通う男はいるのよねぇ。しかも、仮面で目の辺りをお隠しになって……いったいどこの御曹司なのかしら」

同僚のぼやき声を背中で聞き流しながら、私ははやる気持ちを抑え自分の局へと走る。

男性？

私にとって、この時代の男性の知り合いと言ったら、当然ながら片手に収まるほど。式部さん、惟規さん、国時さん……、あとはせいぜい式部さん兄弟のお父上。

そんな中で、忍んで来て下さる男性……しかも仮面を被っているといったら……？

走りながら、式部さんの別れ際の台詞を脳内で何度も再生した。

「男の装束を着て、宮中のおまえの局に忍んで行くからな」

という言葉を。

走って自分の局まで戻ったものの、いざ御簾を上げて局に入ろうとすると緊張で手が震える。

私は他人の部屋に忍び込むかのように、恐る恐る御簾を捲った。

燈台がひとつだけしかない局の中は、ほの暗く、脇息にもたれるように座っている人の姿をはっきりとは見せてくれない。ただ、暗闇の中、ほのかに懐かしい人の香の匂いが漂って来る。

「香子、邪魔しているぞ」

そう言って、懐かしい人はゆっくりとその顔半分を覆う仮面を外した。

あの、最初は怖いと思った切れ長の涼しい瞳が、笑みをたたえて私を見つめている。

「式部さん！　本当に来てくれるなんて！」

几帳を倒すような勢いで転がりこむ私を、「危ない」と愛しい人の手が抱き留める。

「約束しただろう。俺は約束を違える男ではない」

本当に……本当に……。約束通り来てくれたのだ。

「それに式部はおまえだろう。まったく相変わらずの……俺の……お転婆姫だ」

そう言いながら、愛しい人は私の髪をそっと手に取り、そこに唇を寄せた。

あの月蝕の日。別れの夜の続きをするように。

あとがき

はじめまして、中臣悠月です。このたび、「第1回カクヨムWeb小説コンテスト」の恋愛・ラブコメ部門で大賞をいただき、拙作を出版させていただくことになりました。

この書籍版は皆様にキュンとしていただけるよう、「カクヨム」掲載時に比べ恋愛シーンを大幅に加筆いたしましたので、既読の方々にも楽しんでいただけるのではと思っております。

主人公・香子のように、私も幼少時より夢見がちで、ノートに拙い小説を沢山書きためている子どもでした。特に、時間SFと歴史小説が大好物で、自分が平安時代にタイムスリップしたら……なんていうことを日々真剣に妄想していたものです。そんな妄想を書籍という形で皆様のもとへ届けられる日が来るとは、本当に夢のようで、大変嬉しく光栄に思っています。

最後になりましたが、イメージ通りの素敵なイラストを描いてくださった、すがはら竜様。改稿にあたって手取り足取りご指導くださった担当様。この本を手に取ってくださった読者の皆様に、心より感謝を申し上げます。感想などお寄せいただけましたら大変嬉しいです。

最後までお付き合いいただきありがとうございました。またお会いできることを祈って。

中臣　悠月

「平安時代にタイムスリップしたら紫式部になってしまったようです」の感想をお寄せください。
おたよりのあて先
〒102-8078　東京都千代田区富士見1-8-19
株式会社KADOKAWA　角川ビーンズ文庫編集部気付
「中臣悠月」先生・「すがはら竜」先生
また、編集部へのご意見ご希望は、同じ住所で「ビーンズ文庫編集部」
までお寄せください。

平安時代にタイムスリップしたら 紫式部になってしまったようです

中臣悠月

角川ビーンズ文庫　BB123-1　20142

平成29年1月1日　初版発行

発行者———三坂泰二
発　行———株式会社KADOKAWA
〒102-8177　東京都千代田区富士見2-13-3
電話 0570-002-301（カスタマーサポート・ナビダイヤル）
受付時間 9:00～17:00（土日 祝日 年末年始を除く）
http://www.kadokawa.co.jp/
印刷所———旭印刷　製本所——BBC
装幀者———micro fish

ISBN978-4-04-105244-0 C0193 定価はカバーに明記してあります。

平安うた恋語
岐川 新
イラスト／このか
危険だらけな入内の行方は――？
和歌が紡ぐ平安恋物語！